La memoria

1041

DELLO STESSO AUTORE

Per legge superiore
Morte di un uomo felice

Giorgio Fontana

Un solo paradiso

Sellerio editore
Palermo

Questo volume è stato stampato su carta Grifo vergata prodotta dalle Cartiere di Fabriano con materie prime provenienti da gestione forestale sostenibile.

Fontana, Giorgio <1981>

Un solo paradiso / Giorgio Fontana. – Palermo : Sellerio, 2016.
(La memoria ; 1041)
EAN 978-88-389-3546-6
853.92 CDD-23 SBN Pal0291498

CIP – *Biblioteca centrale della Regione siciliana «Alberto Bombace»*

Un solo paradiso

Niente sminuisce e fa cadere in basso un essere umano quanto la consapevolezza di non essere amato.

HJALMAR SÖDERBERG, *Il dottor Glas*

1

Da qualche giorno, un mimo aveva preso a frequentare le strade di Milano. Compariva all'improvviso, spostandosi senza criterio da una zona all'altra: potevi trovarlo in corso Vittorio Emanuele come a Calvairate, al Giambellino o davanti a un locale in Brera. Ma non si fingeva statua all'angolo delle vie, inchinandosi per due monete. No, lui sceglieva un passante, gli si metteva di fronte e lo copiava in ogni singolo gesto: e per quanto volessi evitarlo, non potevi: per quanto cambiassi direzione o lo scostassi in malo modo, eri in suo potere finché lo desiderava. Scovava ogni bacio, tic o smorfia, e lo replicava. Poi era già scomparso.

Un giornalista del «Corriere» aveva provato a intervistarlo, ma invano. Da buon mimo, non parlava nemmeno a lavoro finito: e più ancora, la sensazione era che il suo lavoro non finisse mai. Chi era? Un artista? Un pazzo? Nessuno aveva informazioni.

Io me lo trovai di fronte un martedì sera di metà febbraio, all'altezza di via Scarlatti, vicino alla Stazione Centrale, mentre dallo studio camminavo verso casa. Il mimo balzò fuori come se non avesse atteso che me, e mi restituì un viso che avevo cercato di evitare da qualche giorno: stanco, perplesso, inutilmente triste. Abbassai gli occhi e sul marciapiede trovai le tracce del recente carnevale: coriandoli rosa giallo e verde, i rimasugli di una stella filante, un petardo scoppiato.

Ero appena tornato da due lunghi anni a Roma presso un'agenzia fotografica: non una decisione facile, ma il mio rapporto con quella città e quel lavoro si era ormai esaurito. Secondo il mio capo, un ex photo editor di «Vanity Fair» con un breve trascorso punk durante gli anni '80, era tutta colpa delle mie origini piemontesi. Era piemontese anche lui, del resto.

Quando gli avevo annunciato la mia decisione, aveva commentato con aria mesta: «Non si scappa, Riccardi. Siamo condannati, noialtri. L'unica cosa che ci rende felici è essere un poco infelici, neh? Non troppo, non siamo masochisti: il giusto. No, qui non potevi durare. Era ovvio».

«E tu, allora?», gli avevo chiesto.

«Io sono soltanto più vecchio».

«Sto ancora aspettando la parte in cui mi fai gli auguri».

«Oh, non ce n'è bisogno», aveva riso. «Sei un bravo professionista e andrà tutto bene. Ma non saprai godertela comunque».

Sia come sia, quello che vidi nel corpo e nel volto del mimo non era molto lontano dalla sua ipotesi. Un trentunenne che aveva da poco fondato uno studio fotografico con due amici, ed era già dominato dal terrore di far quadrare i conti. Un uomo con altezza e peso nella media, dubbi comuni a un'intera generazione, un appartamento condiviso in viale Abruzzi: e infine un sincero disprezzo, in quel momento, per il proprio sguardo.

Il mimo seguì il movimento delle mie spalle, intuì alla perfezione un accenno di passo in avanti e il braccio sinistro che si alzava come per difesa. Di colpo fui divertito. Rimasi immobile per qualche istante e poi battei senza motivo un piede a terra: quando sentii l'impatto della suola, il mimo mi aveva copiato ancora. Mi grattai il naso e lui fece altrettanto; lasciai cadere la mano, cadde anche la sua: ci fissammo. Poi il mimo sciolse il gioco con un sorriso. Fece una piccola riverenza e si allontanò fischiettando, i pollici infilati in due tasche immaginarie. Un vecchio con un berretto di lana mi guardava incuriosito.

E così ero di nuovo solo, stanco e curvo dal freddo: ma non volevo tornare a casa. Le otto. L'ora in cui gli ultimi lavoratori rientravano e i manager chiamavano taxi sollevando due dita, il telefono stretto fra collo e spalla. Uno scorcio di stazione si alzava massiccio in fondo alla strada. Roma mi mancò in un modo strano ma preciso, un oggetto dimenticato in albergo.

Ripresi a camminare, alzando lo sguardo alla ricerca di un bar. Avevo bisogno di riflettere sui mutamenti in corso. Elaborare meglio i vari propositi: uno sport, meno panini mangiati di corsa e soprattutto più lavoro – più scatti, più idee: una totale dedizione alla nuova causa.

Mentre scendevo verso il centro mi resi conto di essere finito a due passi dal Ritornello, il bar che avevamo frequentato per anni. Di per sé non aveva nulla di speciale, anzi. Era un normalissimo locale di medie dimensioni, dalla tipica bicromia verde e marrone: panni sui tavoli, due grossi specchi della Birra Moretti alle pareti e un bancone di zinco.

Le uniche qualità erano una birra alla spina appena migliore del solito e un orario di chiusura flessibile. A volte il patron Mario de Vescovi – un tizio corpulento e pugnace, con il grembiule rosso sempre allacciato – teneva aperto fino all'una, servendo panini alla piastra a chi capitava lì per caso, diretto altrove. E a noi, naturalmente.

L'avevamo preso come luogo di elezione alla fine dell'università, quando la nostra combriccola si era ridotta a una manciata di persone – con sempre più scarse infiltrazioni dal mondo esterno. Un posto comodo, a buon mercato e vicino alla linea rossa della metropolitana. Inoltre soddisfaceva il nostro gusto per i locali privi di interesse comune, che non sarebbero mai finiti su una guida turistica.

Ma era ormai più di un anno che nessuno di noi ci andava – o almeno, non ci eravamo più tornati insieme. Il vecchio gruppo era ancora intatto, ma si stava disperdendo lentamente: Daniele e Michela si erano sposati e avevano preso casa nella periferia sud della città, a Quintosole; Francesco aveva vinto un posto come ricercatore all'università di St. Andrews; Elena era tornata a vivere con i suoi; Marco e Roberta si erano lasciati. E di Alessio Bertoli si avevano pochissime notizie.

Ma fu lui, fra tutti, che rividi. Proprio lì e proprio quella sera.

2

Entrai. Alessio era seduto a un tavolo sul fondo, di fianco all'acquario e una slot machine che non ricordavo esserci mai stata. Davanti a sé aveva tre pinte di birra: una piena e le altre due vuote.

Se ne stava stretto nel solito cappotto dai bordi sdruciti con cui girava sempre d'inverno. La sciarpa era gettata sul tavolo e le sue braccia abbandonate fra le gambe. La luce era intensa, diffusa, color limone: una foto, mi dissi, ed ebbi l'istinto di prendere la digitale che avevo in borsa e catturare Alessio nell'istante in cui lo riconobbi: ma di colpo lui si voltò verso l'ingresso.

Ci fissammo. Aveva lo sguardo di un animale braccato a lungo e finalmente scovato. Forse suona sciocco, ma è l'unica ragione che mi do per quanto accadde in seguito. Cosa spinge una persona a confessarsi? Forse l'essere trovato nudo per un istante, un istante solo. In questo, l'assassino e l'uomo strozzato dal tormento non sono molto diversi.

Alessio cercò appena di rimediare con uno dei suoi soliti sorrisi. Si alzò e mi fece cenno di avvicinarmi: lo raggiunsi, ci stringemmo la mano e ci abbracciammo.

«Ehi», disse, annuendo e tirando su con il naso.

«Ehi», dissi io, fissandolo. Era dimagrito, i capelli ancora più arruffati del solito, qualche filo bianco nel castano chiaro; tuttavia il volto aveva assunto per contrasto una strana pienezza, e gli occhi erano percorsi da crepe di sangue.

Che cosa avrebbe scelto di lui il mimo? Cosa avrebbe potuto imitare? Fu una domanda automatica: è la prima che dovrebbe porsi un fotografo. Ci sono infinite immagini di un palazzo, ma soltanto una manciata sarà in grado di restituirne l'essenza: eppure di fronte al palazzo in frantumi che mi apparve il volto di Alessio, non avrei saputo dove puntare l'obiettivo.

«Dai, siediti», disse lui indicando la sedia davanti a sé. Mi tolsi la giacca a vento. L'aria puzzava un po' di umido. «Come stai?», chiese.

«Bene. Sono tornato ufficialmente dalla capitale. E tu?».

«Al solito». Ah, questo non era cambiato – rispondeva sempre così, qualunque cosa succedesse.

«Da quant'è che non ci si vede? Un anno?».

«Direi un anno, sì. Forse di più».

Dalla strada venne il rumore di una frenata improvvisa, un colpo di clacson: attraverso i vetri vedemmo un motociclista scusarsi per una manovra imprecisa e il tizio nell'auto di fianco alzare il braccio e gridare.

«Non sapevo nemmeno fossi tornato», proseguì Alessio.

«Be', è una cosa abbastanza recente».

«Capisco».

«Ed era un bel po' che non venivo qui», aggiunsi.

«Oh, è rimasto tutto come prima. A parte che ora è di proprietà dei cinesi».

Strizzai le sopracciglia e mi guardai intorno: adesso notai dietro al bancone una signora dagli occhi a mandorla che guardava un televisore a volume quasi azzerato – notai il televisore stesso, un gatto di plastica gialla che agitava pigramente la zampa a batterie, e un calendario in ideogrammi appeso al muro.

«Sai che non me n'ero accorto?».

Lui si strinse nelle spalle.

«Da quanto tempo è così?».

«Più o meno dall'ultima volta che ci siamo visti».

«E Mario de Vescovi?».

«Mario de Vescovi non lo so».

«Gli affari andavano male?».

«Non lo so, davvero. Un giorno sono tornato qui ed era cambiato tutto. Comunque nessuno del vecchio giro ci viene più, o almeno io non li ho mai visti. Se non altro, ora la birra costa anche meno di prima».

«Ma tu lo frequenti ancora».

«No, a dire il vero no. Sono solo capitato nei dintorni».

«Quindi è un segno del destino».

«A quanto pare».

Restammo per un po' in silenzio, sorridendoci a vicenda. Eravamo entrambi piuttosto timidi, e del resto non era facile colmare quel periodo di assenza. Non avevo idea di cosa avesse fatto Alessio nel frattempo, a parte qualche racconto e qualche e-mail collettiva alla quale rispondeva, come al solito, nel modo più laconico possibile.

All'epoca, prima della mia partenza per Roma, io e lui ci frequentavamo spesso. Non eravamo migliori amici, ma facevamo parte della stessa tribù urbana. Passavamo ogni fine settimana insieme, per lo più in due o tre locali della zona dove suonavano rock (ora tutti scomparsi) per poi finire regolarmente lì, al bar di Mario de Vescovi; oppure andavamo a feste a casa di altri amici, o mettevamo in piedi un viaggio improvvisato a Trento, Padova, Bologna: nell'onda lunga dell'alcool e del fumo capitava che qualcuno si sentisse illuminato da un'idea che, lo sentivamo, avrebbe cambiato la vita a tutti (uno spazio collaborativo! un'occupazione al Lorenteggio! un aggregatore web di tutte le riviste indipendenti d'Italia!): ma che altrettanto rapidamente svaniva al mattino, prima di ricominciare con la vita di sempre – una colazione al bar dell'angolo, la metropolitana, il lavoro per chi ce l'aveva.

Ma sotto quest'esistenza che poteva apparire frenetica e superficiale, sentivamo tutti una vibrazione comune. Una febbre che ci divorava in segreto e che aveva molto a che fare con i tempi in cui eravamo cresciuti: tempi di cinismo e solitudine. Chi cercava un ideale politico dopo la morte delle ideologie, chi il successo personale, chi soltanto un po' di gioia o stabilità.

Fu a causa di questa febbre che me ne andai a Roma, e sempre a causa di essa che ritornai a Milano. La sentiva anche Alessio, certo. Aveva cercato di soffocarla a lungo, finché non prese il sopravvento all'improvviso: ma soltanto quella sera compresi in che forma l'aveva aggredito.

Del resto, di lui avevo sempre saputo molte cose, ma non ero mai stato capace di tracciare un quadro d'insieme.

Mentre fingevo di leggere il piccolo menù plastificato al tavolo – la signora cinese al bancone continuava a ignorarci, un ragazzo uscì dal bagno allacciandosi la patta – alcuni dettagli riemersero di colpo.

Alessio faceva il web designer per una grossa azienda del settore chimico. Il suo lavoro consisteva per lo più nel creare banner, mandare newsletter e inserire nel sito contenuti legati a prodotti di cui non capiva assolutamente nulla. Era originario di un piccolo paese del nord della Lombardia, quasi al confine con la Svizzera, dove suo padre aveva un negozio di alimentari. Una laurea in Sociologia. Inoltre era un buon lettore, dai gusti originali e piuttosto rigidi. Adorava Silvio d'Arzo, Stefan Zweig e Dino Buzzati. Ricordai anche una sua passione per Walter Tevis, e un lungo litigio che avemmo sulla narrativa americana – con mio grande disappunto, trovava John Cheever terribilmente lezioso.

Nel tempo libero suonava la tromba in un gruppo jazz dalla composizione piuttosto assortita: una batterista di diciannove anni che poi sarebbe diventata famosa nel giro milanese, un vecchio pianista in pensione e un contrabbassista magro e altissimo figlio della grande borghesia del centro.

Erano gli anni in cui il jazz era relegato a musica di sottofondo, nella sua versione più innocua, oppure patrimonio di qualche sedicente esperto: ma ad Alessio non importava. Lui aveva iniziato ad ascoltarlo fin da ragazzo, e non c'era suono che lo catturasse di più: non c'era musica in grado di dire meglio la città, la miseria, l'ardore – e l'indistinto desiderio che tante volte aveva provato nella vita.

Che altro? Era una persona gentile e disponibile. Un ottimo ascoltatore in tempi di crisi, anche se animato da un rancore diffuso che ogni tanto faceva capolino. Ed era un viaggiatore. Di sicuro aveva viaggiato più di chiunque altro avessi mai conosciuto: almeno un paio di volte al mese faceva i bagagli e partiva per qualche destinazione della quale poi non raccontava granché, schivo come sempre. Che altro? Non amava il calcio. Fumava – aveva smesso un paio di volte senza riuscirci – ma fumava poco, non più di cinque sigarette al giorno. Aveva una voce profonda, bassa, molto più matura della sua età...

Ricordai che il suo coinquilino storico, Luca, lo descriveva come un uomo dai talenti molteplici ma irrisolti: in tutto ciò che faceva era presente una traccia di purezza, ma in fondo non riusciva a realizzare nulla di valido. Portava ad esempio i suoi assoli di tromba. Mischiavano elementi kitsch a piccole, brillanti intuizioni cromatiche: eppure il risultato era sempre e comunque imperfetto.

E ora eccoci di nuovo al bar insieme. Il silenzio si protraeva ormai da qualche minuto, e iniziavo a sentirmi a disagio. Ordinai una birra, e Alessio fece altrettanto: rimanemmo semplicemente a bere guardandoci attorno. Nel frattempo non pensai quasi a nulla. Restai soltanto impressionato da quanto bevesse Alessio. Non si era mai tirato indietro davanti alla prospettiva di una sbronza, ma nell'ultimo anno le cose dovevano essere cambiate in peggio. Buttava giù un sorso dopo l'altro senza avidità, senza gioia, quasi fosse un semplice dovere.

Ogni tanto si limitava a sorridermi o a gettare un'occhiata distratta al giornale sul tavolo a fianco. Ci alzammo per andare in bagno, io uscii a fumare, lui controllò l'ora due volte, io mandai qualche messaggio alla mia fidanzata Erica, lui uscì a fumare: nient'altro.

Solo quando ero ormai ubriaco, anche se vigile, lui disse all'improvviso: «Ti ricordi di Martina?».

«Certo», dissi.

«Sai che non sto più con lei, vero?».

«Mi era giunta voce».

«Già».

«Voglio dire: so che vi siete lasciati da tempo. E poi sei sparito, nessuno ti ha più visto. Io comunque ero a Roma». Biascicavo un poco.

Lui sorrise di nuovo e annuì fra sé, credo compiaciuto dalla sua capacità di essersi tenuto lontano da tutti.

«Però ti ricordi di lei», insisté. «Ti ricordi com'era».

«Ovviamente».

Annuì ancora. «La memoria è una cosa strana. Pensiamo di governarla, e invece è l'esatto opposto. Pensiamo ai ricordi come a una serie di oggetti in un cassetto, che puoi ripescare come preferisci. Ma non è così». Un altro sorso di birra. «Il passato non è una massa inerte. È l'unico tempo che esiste, l'unico cui apparteniamo. Il futuro può non arrivare mai, e il presente...». Indicò il bicchiere di fronte a sé. «Capisci?».

«Più o meno», risposi. Non avevo la minima idea di cosa intendesse.

«E quindi», proseguì, «l'unico modo per comprendere come mai ci siamo ritrovati qui, se mai ti interessa, è ascoltare com'è andata. Dall'inizio alla fine». Mi guardò; il sorriso si era spento. «Ti va?».

Tentennai per un attimo. Il prologo non era dei più rassicuranti – la sua condizione, quello sproloquio sul passato – ma del resto, perché no? Avevo del tempo da perdere, e una parte di me desiderava sinceramente aiutare quel vecchio amico.

«Certo», risposi dunque: e con questo divenni, senza saperlo, il depositario di tutta la storia.

3

La sera in cui incontrò Martina, Alessio aveva camminato a lungo, alla ricerca di qualcosa che lo potesse ancora stupire. Viaggiando, aveva smesso di vivere le città come un turista o un avventore, eppure ancora non si era risolto alla condizione di semplice abitante di Milano. Evitava da sempre i luoghi più celebri, perché era come se fossero pervasi da una coltre di abitudini: lì era costretto ad ammirare a causa delle guide, dei consigli, e questo lo irritava. Aveva fede in altro: forme di bellezza minori, più vergini e solitarie, in grado di redimere perché nessuno ne aveva ancora saggiato il potere.

Fu così che capitò al Cremisi, un bar abbastanza alla moda (*avant-garde*, si definiva) del quartiere Isola. Un posto che di solito non avrebbe mai frequentato. Entrò solo perché era stanco: quella passeggiata non aveva riservato illuminazione alcuna.

Su uno schermo in fondo al locale veniva proiettato un film muto degli anni '30. Dreyer? Forse. La musica era Motown di second'ordine; e il resto non migliorava le cose: tendine carta da zucchero, il bancone affollato da soprammobili e un proprietario inutilmente allegro.

Alessio ordinò un vodka tonic e sedette a due tavoli di distanza dagli unici altri avventori, tre ragazzi e due ragazze. Accarezzò il vetro spesso del bicchiere e si mise a guardare lo spazio che disegnavano le sue braccia chiuse.

Aveva lasciato da poco l'appartamento che condivideva con Luca in via Panfilo Castaldi, nella zona africana di Porta Venezia. Un trilocale piuttosto appassito con grandi infissi verdi, l'odore di cibi speziati che stagnava sulle scale, e un affitto ridicolo perché (stando al padrone di casa) era «pieno di negri e delinquenti, e chi mai vorrebbe abitarci se non due pirla come voi». Capitava spesso che ci fossero risse sul pianerottolo; ma a loro, e a tutti noi, piaceva. In fondo era un posto tranquillo, nonostante l'appartamento occupato al secondo piano dove si accumulavano sempre cugini e sorelle del presunto inquilino, e nonostante le grida del barbiere pazzo al pianterreno.

Anche Luca era un tipo interessante: un gay maniaco di calcio – «Sono io il vero maschio della coppia», diceva sempre ad Alessio – che aveva fatto soldi vendendo su internet delle magliette storiche ma poco note, come quella dello Steaua Bucarest che perse la finale di coppa con il Milan nel 1989. La sua tesi era molto semplice: «Chi non vorrebbe una maglietta di quello Steaua? Una maglietta di *Hagi*? Dai!».

E per quanto bislacca, l'idea aveva funzionato: proprio in quei mesi aveva ceduto il portale a una piccola azienda di software pavese, e nel contempo si era trasferito a

Bologna per convivere con il suo nuovo fidanzato olandese, Pieter. Di conseguenza, Alessio aveva trovato un piccolo ma dignitoso monolocale in periferia nord-est, ai confini esterni di Lambrate.

Da quanto ricordo e da quanto mi confermò, in quel periodo Alessio non era più triste e confuso come spesso gli era accaduto. Si trovava su un crinale piuttosto comune a quell'età: la linea che separa la disillusione dalla meraviglia residua; l'accettazione del presente dai sogni che ci sembravano promessi.

Ma Alessio aveva un lavoro, cosa tutt'altro che scontata, e per di più un lavoro che non gli pesava troppo; e aveva degli amici che gli volevano bene. Cos'altro chiedere?

Da qualche mese, dunque, aveva deciso di non chiedere più. Definì quel proposisto un «dolceamaro contentarsi»: una condizione tutt'altro che sgradevole, dopo anni passati a spiare la felicità altrui, senza capire in che modo edificare la propria.

Quanto al tumulto che ancora gli si agitava dentro, lo metteva a tacere pianificando i soliti viaggi, e cercando di godere al massimo di questa o quella sensazione: una notte di sonno priva di incubi, una cena con gli amici, il suo amato girovagare da solo. Il resto era dedicato a minimizzare i fastidi. Non più febbre. Non più demoni. Viaggiare leggeri: era il solo modo per proteggersi dall'invadenza delle cose.

Il piano suonava terribilmente artificiale, certo, e lui stesso lo ribadì durante la nostra conversazione al Ritornello. Ma funzionava. E del resto, che altro fare?

«Forse stavo già invecchiando», commentò. «Forse volevo invecchiare e basta».

(Che verbo strano, per un uomo così giovane – eppure, allo stesso tempo, che verbo adatto. Forse le sue membra volevano reagire di colpo al caos, come a chiudere in fretta e per sempre le inquietudini dei vent'anni. Anch'io avevo provato qualcosa del genere: in certe albe particolarmente atroci, corrose dall'ansia, anch'io avevo desiderato una pace dei sensi. Alessio stava applicando alla lettera la lezione di quegli anni: abbandona ogni velleità, perché viviamo tempi miserabili e crudeli).

E del resto a volte bastava poco, davvero pochissimo; a volte era sufficiente prolungare il rientro a casa dall'ufficio e deviare verso il Parco Lambro, lasciarsi andare sull'erba per qualche istante: le rondini che si inseguivano nel cielo, l'odore di carne arrostita delle feste chiassose e colorate dei peruviani, le coppie di mezza età impegnate nel loro jogging serale.

In altri casi aveva bisogno di passeggiate più lunghe: risaliva verso nord, superava la lunga e trafficata via Palmanova per poi perdersi nelle traverse di via Padova popolate di phone center, macellerie arabe e negozi di cianfrusaglie – gli archi del cavalcavia che la sera prendevano un'aria cupa e solenne insieme, il parco ex Trotter, i bar davanti a cui sostavano nervosi i ragazzi tunisini. Oppure scendeva a sud, dove piazza Leonardo da Vinci si allargava di colpo regalando uno scorcio quasi parigino alla città; e poi seguiva le vie ordinate e deserte di Città Studi, alberi e casette a due piani, il profilo del tram che tagliava una piazza.

Amava il modo in cui Milano si lasciava plasmare dal percorso scelto, cambiando pelle dove tutti vedevano solo una coltre monotona di palazzi. Occorreva solo tenacia: quella città che tanto stancava i suoi amici (e che tanto aveva stancato me, al punto da averla abbandonata) per lui custodiva sempre un margine di incanto che gli apparteneva, persino una sorta di mistero. Noi non lo capivamo, eppure fu proprio al termine di una di quelle passeggiate che incontrò Martina al Cremisi.

Era la metà di settembre, e lui aveva ventinove anni.

4

Fu uno dei ragazzi del tavolo accanto a chiamarlo. Alessio alzò la testa dal bicchiere e lo riconobbe; era Paolo, un suo ex compagno di università. Non lo vedeva da almeno un paio d'anni. A differenza sua aveva deciso di continuare a studiare, e alternava un dottorato di ricerca senza borsa con un lavoro part-time in una copisteria in viale Beatrice d'Este.

Si strinsero la mano; niente abbracci – Paolo aveva una sorta di repulsione per il contatto fisico.

«Come stai, vecchio?», gli chiese.

Alessio si strinse nelle spalle: «Al solito».

«Lavori ancora nello stesso posto?».

«Già».

«Io sto pensando di lasciare il dottorato. È solo una farsa».

«Te l'ho sempre detto».

«Vero». Prese un lungo sorso di birra e sorrise attraverso il bicchiere. «Sei tu quello furbo. E per il resto?».

«Niente di che».

«Hai fatto qualche viaggio, di recente?».

«Quest'estate sono tornato in Germania».

«Finisci sempre a nord».

«Mi piace, il nord. La luce è diversa».
«In che zona sei andato?».
«In Franconia. Bamberga, Erlangen, Norimberga e dintorni. Un giro interessante. Nulla di eccezionale, ma interessante».
«Sempre da solo, immagino».
Annuì: «Sai come la penso».
«Lo so, lo so. Senti, ti va di sederti con noi? O stai aspettando qualcuno?».
Alessio diede un'occhiata al tavolo. Conosceva di vista uno dei due tizi, mentre non sapeva chi fosse l'altro – un ragazzo obeso con una grossa barba bionda e l'aria simpatica. Al lato opposto sedevano le ragazze. Una portava un cappello Borsalino color vinaccia e aveva il viso tondo con diversi nei sulle guance; l'erre moscia apparve di colpo quando si presentò: Arianna. L'altra invece lo colpì. Era piccola e snella, indossava una camicia con un gilet sbottonato e i capelli rossicci le ricadevano sulle spalle, in maniera lievemente irregolare. Non riuscì ad afferrare il colore degli occhi: stava ridendo, e gli piacque il modo fragoroso in cui lo faceva – la testa rovesciata all'indietro. Era Martina.
«No», disse Alessio. «Non sto aspettando nessuno».

Portò il vodka tonic al tavolo e si sedette di fianco a Martina. Ci fu un breve giro di presentazioni, quindi il gruppo tornò a parlare dell'argomento su cui era concentrato: l'involuzione dell'indie rock negli ultimi anni. Secondo Paolo l'intera estetica del genere stava attraversando una fase terminale; anzi, l'aveva già passata.

«Per l'esattezza», disse, «è come se il genere avesse rimpiazzato la musica stessa. I gruppi che amiamo sono sempre stati un marchio: l'importante è essere indipendenti. Ma da cosa? Da chi? No, non esiste più l'indie. Non esiste più niente».

«Non esiste più nien-te!», canticchiò Enzo, il tipo obeso con la barba. Tutti risero, Alessio compreso.

«Bravo, prendimi in giro».

«Su, è il solito vecchio discorso. Stando a questo argomento, qualsiasi tipo di musica si autodistrugge non appena diventa un po' mainstream».

«Non ho detto questo e non è una questione di mainstream. Sai quanto me ne frega che i Kaiser Chiefs vendano più dischi. Anzi: gli auguro di diventare ricchi sfondati. Il fatto sta tutto nell'inventiva, nella capacità di questa musica di sopravvivere. Per me non ce l'ha più. E forse non ce l'ha mai avuta. È nato storto, e ora è soltanto una parola che non indica nulla». Fece una pausa. «Voi ricordate una sola canzone memorabile che sia durata più di due settimane? Non esiste un immaginario, è tutta plastica. Come le ragazzine che mettono la maglietta dei Black Flag perché fa figo, senza sapere chi siano».

«Ma succede sempre così», obiettò Arianna.

«Sì», rispose Paolo con studiata amarezza. «Sempre così. Per tutto».

Era il tipo di discorso che circolava come moneta corrente fra molti suoi coetanei, e che Alessio detestava:

astratto, ieratico, pieno di negazioni. Non riusciva mai a capire davvero di cosa si parlasse.

Ci furono altri brevi interventi. Nel frattempo il barista del Cremisi aveva gridato che per la successiva mezz'ora i chupiti sarebbero stati a metà prezzo. Alessio era rimasto in silenzio per tutto il tempo: quando sentì Paolo citare Adorno, decise che era il momento di uscire a fumare. Dopo un minuto sentì la porta aprirsi e vide Martina con una sigaretta in bocca: gli sorrise. Lui le sorrise di rimando.

«E così hai studiato con Paolo», disse lei. Aveva un accento meridionale, ma Alessio non riuscì a capirne la provenienza.

«Esatto».

«L'ho conosciuto stasera. È un tipo piuttosto cervellotico, eh?».

«Lo è sempre stato».

«Capito. Tu vieni spesso qui?».

«Credo sia la prima e anche l'ultima volta che ci metto piede».

«Già», rise lei. Ancora quella risata franca e rumorosa. «Non è granché come locale, vero?».

«No».

Lo fissò. Ora Alessio poteva vedere bene di che colore erano le iridi: castano chiaro, con una nota ocra, al centro di occhi lievemente a mandorla. Le sopracciglia erano marcate ma sottili, e sopra le guance aveva due occhiaie profonde. Alessio la trovò bellissima.

«Sei un tipo di poche parole», disse Martina.

«Io? No, non direi. Non so». Indicò l'interno del

locale con la sigaretta: «Diciamo che non ho un'opinione precisa riguardo il destino dell'indie».

«Non ti piace?».

«Oh, sì, mi piace molto. Ma non è il mio genere preferito».

«E qual è, allora?».

«Il jazz».

Martina si illuminò: «Davvero? Anch'io lo adoro. Non ho ancora incontrato nessuno a cui piacesse, qui a Milano».

«Be', in realtà non è un cattivo posto per il jazz. Io conosco diverse persone che...».

«Allora sai dirmi dove andare ad ascoltarlo. E magari suoni pure. Non dirmi che suoni».

«In effetti suono la tromba».

«Come Miles Davis!», disse lei sbuffando del fumo.

«Eh, come no».

«Come Freddie Hubbard, allora».

«Conosci Freddie Hubbard? Conosci Freddie Hubbard», ripeté lui sconcertato.

«Te l'ho detto, mi piace il jazz».

«Ti piace il jazz», ripeté di nuovo.

«La smetti? Non c'è niente di strano». Sorrise, abbassò lo sguardo. «E comunque non ne so poi molto. Hubbard lo ascoltava sempre mio padre – per questo me lo ricordo. Sono solo cresciuta con questi dischi di sottofondo. Qual è il tuo trombettista di riferimento?».

«Clifford Brown».

«Ecco, vedi? Questo non lo conosco».

«E il tuo?».

«Direi Chet Baker».

«Oh, Signore. Chet Baker».

«Perché, scusa? Non si può?».

«Figurati. Se vuoi farti del male con robaccia bianca, senz'anima e senza swing...».

Lei incrociò le braccia e fece una smorfia: «Disse il ragazzo bianco che frequenta un locale borghese».

«Giusto», rise Alessio. «Questa mi è uscita antipatica. Comunque, a proposito di bianchi stronzi, e di Hubbard... Dovresti sentire cos'ha detto lui a una platea in Austria».

«Che ha detto?».

«Impossibile, non posso rifartelo così».

«Va bene, allora me lo racconterai la prossima volta».

«Okay».

Poi tacquero. Entrambi avevano finito di fumare; lei infilò le mani nelle tasche e bloccò sul nascere uno sbadiglio: rientrarono. Al tavolo la conversazione si era arenata senza giungere a una tesi condivisa. Alessio rimase per il tempo di un altro vodka tonic, limitandosi a osservare Martina con cautela; ogni tanto il loro sguardo si incrociava: una volta lei, senza farsi notare dagli altri, mimò con le labbra il nome di Freddie Hubbard e fece il gesto improvviso di suonare una tromba, inarcando la testa come durante un assolo. Lui rise; Paolo lo fissò senza capire. Non scambiò altre parole con Martina: quando uscì salutò tutti brevemente, le strinse la mano; lei non sorrideva.

Tornando a casa, Alessio vide un uomo vomitare in

piazzale Lagosta. Due ragazzi pakistani giocavano a dama all'angolo di una strada, sopra una cassetta da frutta rovesciata. Una signora gridava al suo cane di aspettarla – un bastardino schizzò lungo il marciapiede. In un campo da basket stretto fra enormi palazzi azzurrognoli, un gruppo di adolescenti fumava in silenzio scrutando il cielo.

Alessio camminò con la mente sgombra, zigzagando fra le villette del quartiere Maggiolina e del Villaggio dei Giornalisti. Gli abeti dei giardini, le rare finestre accese. Sul muro di un vicoletto era scritto *Tifiamo rivolta* in snelli caratteri neri. Passò il ponte sul Naviglio della Martesana in via Melchiorre Gioia. I lampioni illuminavano a macchie il lungofiume.

Non pensava affatto a Martina, mi assicurò al Ritornello. Anzi: la serata gli aveva lasciato uno strano senso di inquietudine, quasi di disgusto. Di contro Milano appariva inerte e silenziosa: un pugno di palazzi e strade che non conteneva presagio alcuno di ciò che sarebbe successo.

All'altezza di Cascina dei Pomi fu scosso dal fischio di un treno. Si fermò e vide i vagoni inseguirsi sul cavalcavia, spezzando in due il cielo di quella notte.

5

Passò poco più di una settimana. Alessio fece due prove con la sua band; la seconda volta suonò molto male. Quando entrò in ritardo su *Honeysuckle Rose* il contrabbassista, Giulio, tirò un calcio al leggio. Le note del pianoforte si infransero di colpo. Alessio tolse le labbra dalla tromba, alzò una mano e si scusò.

«Che ti prende?», disse Giulio.

«Non lo so. Succede».

«Sbagliare uno standard così? No, non può succedere».

«Senti, non dobbiamo suonare al Village Vanguard».

«Dobbiamo impegnarci come se fossimo lì».

A questo punto Mauro Gorla, il vecchio pianista del quartetto, gli disse di non scassare le palle: lui aveva suonato per trent'anni in condizioni ben peggiori, con musicisti che valevano anche meno, per lo più sbronzi marci, e aveva capito che in fondo serviva solo un po' di cuore. Quello che Giulio proprio non aveva. Poteva indossare una maglietta con la faccia di Eddie Gomez sopra, poteva mettersi in testa tutte le coppole e i *pork pie hat* che voleva, ma il cuore era un'altra cosa. *E va' a da' via el cü*. D'accordo?

«Mauro, ma stai bene?», chiese la batterista affacciandosi dietro i piatti, minuta com'era.

«Ho litigato con mia moglie. Sono tre giorni che ci urliamo addosso».

«Be'», riprese Giulio piccato, «se ogni volta che uno di noi ha dei problemi dobbiamo comportarci così, allora...».

«Ancora, rompi i coglioni?», gridò il vecchio.

La discussione proseguì e saltò fuori che il Gorla non aveva solo litigato con la moglie, ma aveva ripreso anche a farsi un po' troppi Campari soda dalle undici del mattino in avanti. Non suonarono altro. Il Gorla si limitò a fumare tutte le sigarette che aveva fuori dalla sala prove, e poi se ne andò in silenzio sulla sua vecchia Renault Clio.

Il giorno dopo Alessio pensò di telefonargli e invitarlo a pranzo (era un uomo che gli faceva una certa pena, un bravo pianista sfortunato con una vita da messo comunale alle spalle e un cancro allo stomaco a cui era sopravvissuto a fatica) ma poi perse la voglia.

Scrisse due righe a Giulio dicendo che era meglio sostituire le prove del martedì seguente con una cena di gruppo; quindi uscì e camminò per il quartiere: era un sabato luminoso e lungo via Conte Rosso tre bambini si rincorrevano con un pallone in mano. Davanti al circolo Acli i vecchi chiacchieravano in dialetto. Nell'aria c'era una nota floreale, e com'era intenso il primo giallo delle foglie, le fronde degli alberi che affollavano piazza delle Rimembranze di Lambrate.

Alessio risalì gli isolati fino a via Rombon, dove prese la 55. Scese all'altezza di piazzale Argentina: da lì attraversò corso Buenos Aires, schivando le masse in giro per vetrine, e imbucò la lunga e stretta via Tadino, puntando verso il suo vecchio quartiere.

Era una delle strade che più amava. Lì c'erano ancora delle trattorie a buon prezzo, diverse piccole librerie (fra cui una dell'usato piena di titoli introvabili, storie del movimento studentesco dalle pagine odorose di sigarette, vecchie miscellanee di lettere di Camus, prime edizioni di Arpino e Bassani, di Bianciardi e Pasolini) – e ancora potevi incrociare il portone aperto di una corte, infilarti in quello spazio di soppiatto e guardare dal basso in alto l'affollarsi dei balconi e delle scale a vista, le case di ringhiera con le biciclette legate sul ballatoio, i fili di panni stesi ad asciugare e i vasi di gerani esposti.

Una volta giunto in Porta Venezia prese un caffè al Ritornello, fece due chiacchiere con Mario de Vescovi, quindi scese in direzione dei Giardini pubblici. All'incrocio successivo un corriere aveva parcheggiato il furgone in modo sghembo, le quattro frecce accese. Una signora dietro di lui protestò dicendo che aveva bloccato il marciapiede per troppo tempo. Alessio li guardò litigare nei pochi secondi previsti dal galateo milanese: la rabbia sempre celata che esplode di colpo e di colpo rifluisce, torna sordo rancore. Davanti a una lavanderia, tre ragazzi etiopi assistevano alla scena ridacchiando.

E proprio allora, in piazzale Oberdan, vide Martina. Stava fissando una vetrina con le mani in tasca. Ci mise qualche istante a riconoscerla; quando lei si voltò e incrociò il suo sguardo, Alessio si irrigidì.

(A un anno e mezzo di distanza, mentre ordinavamo l'ennesima birra, mi chiese se fossi in grado di isolare il momento che aveva preceduto l'evento più importante della mia vita. Risposi di no, e aggiunsi che era impossibile. Fece un sorriso. A lui invece era toccata in sorte questa condanna: ricordare il modo in cui il tempo si contrae, il modo in cui la città si dispone a teatro, e ogni suo dettaglio – un piccione che becchetta la pozzanghera, l'insegna di una farmacia, l'odore resinoso dell'aria, la bandiera PACE avvizzita su quel davanzale – tutto perde identità e diventa schiavo di due persone soltanto: così lei si voltò e lo vide).

Martina indossava una maglietta rossa, una giacca leggera e una gonna corta sopra dei leggings blu. Agitò la mano e gli fece cenno di avvicinarsi. Separati da un solo passo rimasero fermi, incerti sul da farsi. Martina indicò con il pollice la vetrina dello Spazio Oberdan, una cineteca e museo che guardava sulla piazza: «Danno una mostra di Robert Capa».

«Sì, l'ho vista qualche giorno fa».

«Mi spiace solo che non parlino di Gerda Taro. Almeno, a giudicare dal programma non sembra prevista. La conosci?».

«Temo di no».

Lei alzò gli occhi al cielo. «Non la conosce nessuno. Almeno sai che Robert Capa è uno pseudonimo?».

«No».
«Scusa, alla mostra non è scritto?».
«Forse sì, ma non leggo mai nulla. Guardo le immagini e basta».
«Gesù. Be', comunque è uno pseudonimo, e a inventarlo furono tale Endre Friedmann e la sua compagna, appunto Gerda Taro. Gli venne quest'idea di creare un finto fotografo americano per cui loro due lavoravano – una sorta di trovata pubblicitaria. La cosa andò avanti per un po', quindi Friedmann decise di tenere lo pseudonimo solo per sé. E così nacque Robert Capa».
«E Gerda?».
«Gerda morì poco dopo in Spagna, durante la guerra civile. Era lì come reporter. Fu investita da un carro armato che la sventrò».
«Davvero?».
«Già. La notizia fece il giro del continente, e poi si spense nel nulla».
«È una storia triste».
«Molto. Ma anche affascinante. Lei era davvero straordinaria».
«Mi informerò meglio».
«Dovresti».
Tacquero per qualche istante. Un bambino passò in mezzo a loro di corsa, inseguito dal padre.
«E tu invece cosa stai facendo?», chiese Martina.
«Io? Soltanto due passi».
Ancora silenzio. Martina annuì, poi si preparò una sigaretta di trinciato. Alessio scartò il suo pacchetto di Lucky Strike e ne accese una.

«Senti, ti va se ti faccio compagnia?», disse Martina guardandolo. «Solo se ti va».

«E la mostra?».

«Non c'è Gerda Taro. Non mi interessa più».

Di quel pomeriggio Alessio ricordava ogni cosa, ma ogni cosa permaneva nella memoria con dei contorni sfumati.

Di certo portò Martina nel suo negozio di dischi preferito, a due passi da piazza della Repubblica; di certo incrociarono un corteo poco oltre – studenti che protestavano contro una manovra scolastica – e poi bevvero un tè in un piccolo bar in via Lazzaro Palazzi. (Evitò con cura il Ritornello, per non incappare nei commenti del patron Mario de Vescovi). Parlarono a lungo; lei gli disse che durante quella settimana aveva pensato a lui, più volte, senza sapere assolutamente perché. Ricordava il discorso sul jazz, forse. Oppure era rimasta colpita per qualche altro motivo – perché parlava poco? Per il suo accento bislacco? (Alessio protestò: «E il tuo, allora?». Non amava le battute sulla sua cadenza strascicata, non amava essere preso per ciò che era: un montanaro).

Tornarono in via Tadino e nella piccola libreria dell'usato. Lui le regalò una raccolta di racconti di Buzzati. Poi Martina lo sfidò a una gara di barzellette idiote sulle panchine di via Benedetto Marcello, la parallela alberata del corso, seduti in mezzo alle badanti ucraine che si mostravano a vicenda le foto dei figli, offrendosi sigarette e panini con le uova.

Alessio ricordava anche il luogo in cui si baciarono, una traversa di via Porpora, davanti a un minuscolo giardino. Ma non ricordava altrettanto bene il resto, fino a quando finirono all'ingresso del suo condominio, mano nella mano, e si spogliarono sotto il poster di Dizzy Gillespie che teneva accanto alla scrivania.

Non riusciva, per quanto si sforzasse – e l'avrebbe fatto disperatamente, in seguito: giorni interi a saccheggiare ciò che fu, scavando le macerie per riportare alla luce anche solo un frammento vivido di memoria, l'esatto colore della sua pelle in un dato giorno, l'esatto taglio del sorriso, i sussulti del corpo mentre dormivano, qualunque dettaglio in grado di dissipare l'idea generica che un tempo era stato felice, quell'astratto passato in cui ormai affogava e che voleva guarire con la concretezza dei gesti, o forse semplicemente riaverli tutti lì, presenti, e infine bruciarli e dimenticarli – per quanto si sforzasse non riusciva a ricostruire come fosse accaduto.

Eppure eccoli lì.

Eppure eccolo lì, mentre le stringeva un seno piccolo e perfettamente tondo, odoroso di mandorla: mentre le passava con delicatezza la lingua sul collo per poi scendere appena e risalire di nuovo, e dunque scendere davvero fino all'ombelico e nel contempo sollevare la gonna e abbassare i leggings. Martina ebbe un gemito. La guardò: teneva gli occhi chiusi e la testa lievemente reclinata; il reggiseno era sceso a metà pancia e con una mano lei trafficava dietro di sé per slacciarlo, mentre con l'altra affondava le dita nei suoi capelli. Quella visione lo sconvolse. Le abbassò le mutandine, esplorando con delicatezza l'incavo fra le sue gambe.

«Aspetta», disse lei con un fremito.

«Sì – scusa», disse Alessio. «Non ti va?».

«No, è che. Non hai niente? Da metterti, dico?».

«Oh. Sì, certo».

Alessio frugò nel cassetto alla ricerca di un preservativo, mentre lei gli toglieva la maglietta e baciava la sua schiena nuda. Fecero l'amore a lungo e lentamente, e fin da subito Alessio comprese che non si trattava solo di prendere la sua parte di godimento e prodigarsi per quello di lei, o esplorare l'ennesimo corpo alla ricerca di qualcosa che già sapeva non esserci, come altre volte aveva fatto, in altre stanze, in altre città: no, stavolta era diverso, e questa coscienza lo illuminava: incredulo, già sentiva che ogni gesto, ogni movimento era la chiave per accedere finalmente al mistero dell'altro.

Martina venne mordendogli una spalla e battendo il piede destro sul materasso. Lui no. Si scusò dicendo che era teso, e che a dirla tutta non andava con una donna da un bel po'. Lei rise, lo baciò sulla fronte, poi lo strinse forte e rimasero così per molto tempo, in silenzio.

Più tardi comprarono due vaschette di riso e pollo e due Moretti nel piccolo ristorante cinese al termine dell'isolato. Alla cassa il figlio del padrone era impegnato a scarabocchiare dei cerchi sul retro di una rivista di enigmistica. Fermi al semaforo alzarono gli occhi e videro il cielo scarlatto sopra Lambrate, attraversato da scie più chiare – un aereo bucò una nuvola. La strada era deserta. Chi erano? Cos'era accaduto? Alessio si sentiva smarrito.

Aveva voglia di ascoltare Coltrane. Gli sembrava la sola musica capace di intercettare quel momento, di fissarlo. Chiese a Martina quale album preferisse: lei rispose *Giant Steps*. Appena arrivati a casa, Alessio appoggiò i sacchetti con il cibo e le birre sul banco della cucina, prese il vecchio cd con la custodia spezzata e lo inserì nello stereo. Si settima, Re settima, Sol settima e così via. («Sembra uno che ruzzola dalle scale», gli aveva detto una volta il vecchio Gorla: «Dimmi tu se non sembra proprio uno che ruzzola giù dalle scale»).

Era quasi impossibile orientarsi in quella selva di accordi, ma Coltrane soffiò selvaggiamente per i tre minuti del suo primo assolo. Ogni volta lasciava Alessio senza parole. Nel vuoto improvviso, il pianoforte di Tommy Flanagan apparve ancora più timido e incerto del solito.

Martina affondò il mento nella spalla di Alessio e disse: «Senti, ti ricordi di quella cosa di Hubbard...? In Austria, mi pare».

«Sì, una data con Sonny Rollins del '66».

«Avevi promesso di farmela ascoltare».

«Appena Trane ha concluso».

Quando la serpentina finale di *Giant Steps* si esaurì nel silenzio, Alessio spense lo stereo e accese il computer. Cercò su YouTube la registrazione, poi regolò le casse e alzò il volume al massimo: ecco il brusio della folla, poi un balbettare al microfono, e quindi la voce di Hubbard stravolta e spezzata che urlava tutto il suo schifo nei confronti di quel pubblico di bianchi, quel pubblico di persone che – Alessio ne era certo – pensavano di capire la sua musica, ma non potevano accedervi davvero. *Fuck you white motherfuckers!* strillò Hubbard dalle casse attaccate al computer, e Martina scoppiò a ridere. *FUCK YOU white motherfuckers! Well, okay. I'll go home. If you don't like me, kiss my ass! That's right, cuz you jive. You jive. You jive. You white MOTHERFUCKERS!*

Ancora ridevano quando il vicino di casa cominciò a battere contro il soffitto, gridando: «Basta! Avete rotto la minchia!».

Durante la notte, Alessio si svegliò più volte. Non era abituato a dormire con un'altra persona; non gli era mai piaciuto. Verso l'alba fumò qualche sigaretta in bagno. Dalla finestra si intravedeva un pezzo di strada: la prima luce del giorno scaldava il marciapiede di fronte.

Alessio pensò al periodo appena trascorso: il trasferimento in quell'appartamento, il «dolceamaro contentarsi», la vita frugale di ogni giorno e i viaggi che per contrasto aveva accumulato: il nord della Francia, Oviedo, Londra, Bruxelles e poi Rotterdam a casa di un ex compagno di università, due volte la Germania, e quindi Belgrado, Sarajevo e Kotor in un'unica infilata – ricordò il ritorno di venti ore in pullman e il signore turco che al confine con la Slovenia chiese dei soldi a tutti i viaggiatori, forse per pagare i doganieri. (In quei momenti si vedeva perso fra le viscere dell'Europa, la vedetta della sua generazione).

E quanto l'aveva preceduto: i mesi di disoccupazione, i problemi di suo fratello Angelo, i soldi contati in famiglia – suo padre era ancora invischiato in una lunga causa legale, aveva fatto un investimento sbagliato negli anni '90 con quello che si sarebbe rivelato un truffatore – e l'ansia, più di tutto, l'ansia che lo prendeva alla gola la sera, dopo aver buttato gli ultimi euro della settimana in una dozzina di birre, mentre Luca cercava di motivarlo sciogliendo una pallina d'oppio sul tavolo del soggiorno di via Castaldi – e Alessio lo detestava, detestava quell'ottimismo e il suo naturale istinto per ciò che lo rendeva felice. In quel periodo odiava un po' tutti i suoi amici (me compreso, mi confidò ridacchiando al Ritornello), ed era certo di esserne ricambiato.

Allora, sfinito, prendeva la tromba e la sordina e si metteva a suonare in un angolo remoto dei giardini di Porta Venezia, spostandosi se qualcuno gli si affiancava per ascoltarlo: nel freddo di dicembre o all'inizio di un'estate già troppo calda infilava scale una dopo l'altra, immaginando di avere dietro di sé una sessione ritmica degna di questo nome, altro che quel contrabbassista leccatino con cui aveva iniziato a suonare: sognava un ritmo indiavolato, che nelle pause mimava schioccando la lingua e agitando la mano sinistra nell'aria, per poi riprendere lo strumento e cercare di andare sempre più veloce, sempre più veloce, finché inevitabilmente una nota si spezzava – la vibrazione delle labbra era imprecisa, l'intero edificio del suono crollava. E lui restava solo fra gli alberi.

Con me tornò più volte su questo punto, che considerava importantissimo: all'epoca aveva ormai accettato l'impossibilità dell'amore. Non si trattava di una tesi a priori, ma di un calcolo empirico. Aveva avuto diverse relazioni, tutte erano durate al massimo qualche mese, e in nessuna aveva mai provato qualcosa di simile allo sconvolgimento di cui tutti parlavano.

L'obiezione più ovvia (non aveva ancora incontrato la persona in grado di sconvolgerlo) lo lasciava freddo. Il problema sembrava piuttosto un altro, e riguardava lui stesso. Forse nascevano esseri così. Come privi di un organo deputato al sentimento, all'abbandono verso l'altro.

E ora? Spense l'ultima sigaretta nel posacenere di metallo verde e tornò nella stanza. I raggi del sole avevano cominciato a colpire anche il suo palazzo; vide il bordo della cucina splendere, il portapenne gettare un'ombra contro il muro. Camminò a piedi nudi sul pavimento freddo e ripose il disco di Coltrane nella custodia. Sul letto, Martina aveva cambiato posizione; russava leggermente; si svegliò solo quando lui si sedette. L'aria era pesante, gonfia di sudore. Lei strizzò gli occhi passandosi il polso sul viso.

«Che ore sono?», borbottò.

«Presto», rispose Alessio. «Non saranno nemmeno le sette».

Lei protese le braccia: «Vieni qui».

E mentre la stringeva fu attraversato da un fremito: una certezza fisica, immediata, la promessa di una nuova epoca. Comprese che non c'era via di scampo. Per quanto andasse contro ogni ragione, ora dipendeva da quella creatura magra e intontita che lo abbracciava.

6

Di lì in poi fu tutto piuttosto semplice. Non ci fu mai, per loro, una progressione verso il conoscersi – passare del tempo insieme, imparare le grammatiche dei rispettivi corpi. Era già tutto disponibile, tutto compiuto.

Alessio era sconvolto dall'intensità di quel desiderio. Si sentiva come catturato da un tornado e schiantato lontano, in una terra sconosciuta. La felicità che gli era giunta in dono gli apparve così grande da spaventarlo.

(Ma come parlare d'amore? Ad Alessio, ubriaco al Ritornello, non importava: io invece mi sento inadeguato. Che lingua usare? Allora avevamo quella delle canzoni, dei pochi romanzi capaci di illuminarne la zona d'ombra. Ma per noi era una lingua sterile. Pensavamo che il *Ti amo* fosse il peggiore degli artifici. Richiedeva fede, e la fede era davvero l'ultima cosa che avevamo sulla terra.

Certo, anche noi ci innamoravamo e anche noi stringevamo relazioni. Eppure quello di cui parlava Alessio era diverso. Credeva in qualcosa di più alto: l'aveva visto – e ora cercava di raccontarmelo).

Martina aveva ventisei anni. Lavorava come receptionist in uno studio dentistico dalle parti del Parco Ravizza. Aveva trovato alloggio non molto distante, in una traversa di via Ripamonti. Divideva la casa con un'altra ragazza e un ragazzo – lei studentessa di Giurisprudenza, lui commesso da Euronics – che tendevano a coalizzarsi per truccare i turni di pulizia, o a rubacchiarle la spesa.

La sua famiglia era molisana: padre avvocato del lavoro, madre veterinario in uno studio privato, diretto insieme a un'amica. Aveva una sorella maggiore sposata con un figlio, finita a vivere in provincia di Avellino con un coltivatore diretto, e un fratello di diciassette anni che macinava un successo dietro l'altro alle olimpiadi matematiche.

Erano cresciuti tutti insieme in questa grande casa di periferia, una bifamiliare costruita dal nonno materno nel '65. Da piccola Martina aveva sofferto di una grave malattia ossea, dalla quale era guarita ma che le aveva lasciato una pesante eredità di dolori diffusi che ogni tanto riemergevano. Avendo trascorso la sua infanzia a letto – mentre i fratelli giocavano in giardino, arrampicandosi sugli alberi da frutto e raccogliendo grandi ceste di ciliegie – aveva sviluppato una certa capacità a tenersi compagnia da sola, ma anche un bisogno spasmodico di sentirsi accudita. E naturalmente aveva imparato ad amare il jazz, la grande passione del padre.

L'elemento bizzarro della famiglia era lo zio. Dopo una gioventù confusa, era diventato proprietario di una piccola catena di self-service che aveva avuto fortune avverse. Quando Martina aveva compiuto diciotto anni, l'aveva pregata a lungo di fargli da assistente e futura erede: con lei al suo fianco, si era convinto che avrebbero superato ogni problema. La proposta destava perplessità nel padre, che conosceva il carattere del fratello minore, e un moderato fascino nella madre.

Invece Martina aveva deciso di deludere tutti e studiare Lettere classiche all'Aquila, laureandosi con una tesi sull'origine del linguaggio nel *De rerum natura* di Lucrezio. Dopo il diploma e sei mesi trascorsi fra Manchester e Londra – «I miei sei mesi bui», disse senza spiegarsi oltre – si era trasferita a Milano. La città non le dispiaceva, era un buon compromesso fra tutto ciò che desiderava e quanto di più temeva di un luogo, ovvero non essere all'altezza del suo splendore. Nel giro di un anno aveva trovato quel lavoro come receptionist, dopo aver fatto la cassiera all'Esselunga, la cameriera in un disco-pub, e prevedibilmente la venditrice di abbonamenti telefonici.

«Tutto come da copione», scherzava.

Relazioni incluse, del resto. Martina disse di avere avuto diversi amori, benché tutti fossero finiti in maniera infelice e con sviluppi terribilmente simili. (Alessio tremò: lui le disse subito che non aveva mai amato; lei sorrise soltanto, come se si trattasse di un inconveniente da poco).

Il primo nacque da adolescente, con un cinquantenne che abitava nel palazzo di fronte al suo; quando sua madre lo scoprì, scoppiò una sorta di scandalo nel paese. Il tizio (Martina non gli disse mai come si chiamava) addirittura fuggì via, e non ebbe mai più sue notizie. Il secondo sbocciò all'università, all'Aquila – una convivenza finita male. Il terzo a Manchester, brevissimo ma intenso, con un canadese. E infine con un ragazzo di Pisa, Michele: aveva avuto una lunga relazione a distanza e aveva persino pensato di trasferirsi in Toscana. Ma le cose erano finite non molto tempo prima, quando aveva scoperto che lui l'aveva tradita più volte. (Perché mi racconta tutto questo?, pensò Alessio).

«E ora siamo qui», diceva stringendosi nelle spalle.

Non sapendo che altro offrirle in dono, Alessio le mostrò la città che lei ancora non conosceva. La portò in una trattoria siciliana di Lambrate dove servivano soltanto pasta con due sughi e il vino in fiaschi; la portò al Ritornello in una sera di pioggia sottile dove conobbe per la prima volta il resto della nostra combriccola – io non c'ero – e conquistò subito Michela, con cui parlò a lungo di politica e della possibilità o meno di una rivolta giovanile violenta contro lo stato delle cose attuali.

La portò alla storica libreria Calusca di Primo Moroni, al parco di Villa Litta ad Affori, a mangiare palestinese in una stradina dietro viale Abruzzi, nei circoli Arci di periferia e in un piccolo club dietro via Bassini dove una sera ascoltarono un trio jazz per pochi euro.

La portò alla Bovisa con Francesco, che di ritorno per qualche giorno da St. Andrews li guidò nel suo quartiere, fra angoli coperti da fili elettrici sospesi al primo piano, benzinai e fabbriche abbandonate: e quanto piacque a Martina, un mattino di domenica, fare colazione sul terrazzo della vecchia casa dei genitori di Francesco, all'ultimo piano di piazza Schiavone: quanto le piacque vedere nella luce i profili di vecchi stabilimenti ora ischeletriti, e i gasometri dismessi che splendevano come antichi templi.

Ogni tanto dormivano da lei, dopo una camminata nel suo quartiere. Martina viveva al terzo piano in un condominio beige degli anni '50, abitato per lo più da anziani e immigrati sudamericani. Al piano terra c'era un negozio di animali, e ogni tanto la sera si sentivano gli uccelli in gabbia gridare.

In camera di Martina non c'erano librerie: i volumi erano sparsi a terra in piccoli mucchi. Kundera, Pasolini, Byatt. Dyer, Némirovsky, Nabokov. Kristóf, Fitzgerald. Boris Vian e Uwe Timm. *Anna Karenina* in una vecchia edizione Garzanti. In un angolo c'era la catasta dei dischi: oscuri gruppi indie canadesi o inglesi, qualche classico – *The Queen is Dead*, Jeff Buckley – e naturalmente gli album di jazz. (Nulla di molto originale, aveva constatato Alessio: Monk, Davis, Mingus. Un apprezzabile Cedar Walton. Quattro dischi di Coltrane).

Qui e là spuntavano anche dei fogli su cui lei aveva scarabocchiato un disegno. Aveva una dote innata per le caricature. Una volta tratteggiò Alessio con le guance gonfie e gli occhi esplosi mentre soffiava nella tromba, da cui però non usciva alcun suono: nel cavo dello strumento si era appallottolato un ghiro che dormiva beatamente.

Le pareti per contro erano quasi spoglie: due vecchie locandine, un manifesto in cirillico, qualche fotografia. In un'immagine Martina, ancora adolescente, alzava il dito medio verso l'obiettivo. In un'altra baciava sulla guancia un bel ragazzo dai capelli biondi - Michele. Ogni volta che vedeva quel viso, Alessio provava un brivido d'odio.

Più spesso invece stavano da lui, a Lambrate. Fu una sorpresa assistere al modo in cui Martina ricreava i suoi spazi, ne prendeva possesso. Alessio la rimirava in silenzio mentre leggeva. I capelli fulvi legati in una piccola coda, le dita affusolate, la grazia del profilo appena adunco. La ascoltava ridere - rideva sempre allo stesso modo, buttando la testa all'indietro - e poi la vedeva chiudersi ogni tanto in silenzi simili ai suoi. Come se anche lei serbasse qualcosa che non voleva condividere, e che l'aveva resa tale - così come Alessio la stava scoprendo: incapace di cinismo, a volte litigiosa, perennemente distratta.

Poi andavano a letto. Il suo corpo era piccolo e tonico. Tette con areole rosa chiaro che fremevano sotto la lingua di Alessio. Aveva un modo rumoroso e disinibito di fare sesso; adorava che la leccasse da dietro, in ginocchio sul pavimento, mentre lei gli offriva il culo inarcandosi sul letto; poi si faceva prendere forte, e solo quando gli saliva sopra, si chinava tremante e felice su di lui, solo allora rallentava e sembrava come colta da un'improvvisa tenerezza – gli baciava la fronte sudata, sorrideva, lo carezzava, e si muoveva lentamente fino all'orgasmo, stendendo la gamba destra quando lo sentiva giungere per prolungarlo.

Intanto Milano si rompeva in colori inattesi e la luce cadeva in diagonale, leggera, ribattuta dall'asfalto e dalle vetrine: luce: luce ovunque, sui tavolini di ferro sottile, sulle borse vendute dai senegalesi nel corso, sulle vetrine delle banche; luce che inondava le stanze e allungava le ombre nei sabati pomeriggio lungo il Naviglio della Martesana, mentre il vento si faceva via via più freddo e loro indicavano gli orti e le case e le officine ciclistiche in buon ordine sull'altro lato del canale.

Una sera Alessio si voltò all'improvviso sul tram che li portava verso casa e vide un intero quartiere aprirsi alle loro spalle – vide i palazzi galleggiare nel crepuscolo, gli eleganti balconi liberty, le facciate rosa antico e giallo crema: un pennacchio di fumo si agitava sopra i tetti, nel blu saturo del cielo. Pensò che avrebbe potuto cogliere la città soltanto allungando una mano.

Ogni tanto Martina chiedeva ad Alessio di suonare per lei, ma lui si negava quasi sempre. In quel periodo aveva provato soltanto un'altra volta con il suo gruppo, scatenando le inevitabili rimostranze di Giulio. Ascoltare jazz gli piaceva sempre, certo: e anzi andava spesso con Martina nel suo negozio di dischi preferito, a frugare tra gli scaffali e scegliere qualcosa di diverso dal solito (Blue Mitchell, Bunny Berigan, Sonny Stitt...). Ma suonare lo stancava. Non era mai accaduto, e Alessio si rassegnò all'idea che anche questo dipendesse da Martina. Infine vedeva quanto poco valesse come musicista, e non gli importava nulla.

Solo qualche sera si lasciò convincere. Suonava l'inizio di uno standard, per lo più *Autumn leaves* – la loro canzone preferita nella loro versione preferita, quella di Adderley con Miles Davis del 1958 – e poi proseguiva abbozzando un assolo. Lei lo ascoltava con la testa china sulle sue gambe, o abbracciandolo da dietro, finché Alessio non si interrompeva sbuffando e si lamentava del suo fraseggio poco chiaro.

Allora si raccontavano le vite sfortunate di geni come Sonny Clark, Bud Powell, Paul Chambers, Rahsaan Roland Kirk. Eroina, alcool, razzismo, botte, infarti, cecità, paralisi. Li affascinava l'amaro destino di Herbie Nichols, crepato di leucemia dopo una vita passata a suonare nelle bettole – un artista delizioso, del tutto ignorato in vita.

Qualcosa nel jazz aveva l'aspetto del maleficio. Martina si domandava perché quella musica fosse, più di ogni altra, così intimamente legata all'autodistruzione: perché tanta bellezza dovesse sempre esigere uno scotto.

La pioggia li sorprese una domenica mattina di fine ottobre: scapparono in fretta coprendosi la testa con le giacche. Non fu il primo degli acquazzoni, ma quello che annunciò un autunno lungo e buio.

La sera dopo Alessio si fece un taglio profondo rompendo un bicchiere, mentre lavava i piatti. Aveva avuto una brutta giornata, con un lungo litigio in ufficio; bestemmiò e tirò un calcio contro il cestino della spazzatura. Poi si ricordò che Martina sarebbe arrivata da lì a poco, e la rabbia si sciolse. Solo in quel momento comprese il nuovo stato in cui era immerso – e no, non era uno stato: aveva più la forma di una preghiera, un desiderio indefinito che quella condizione continuasse. Così dunque si accorse che era innamorato, pensò la parola proibita e la pronunciò a voce alta mentre il suo sangue scorreva sotto l'acqua fredda del rubinetto. Per la prima volta voleva assolutamente vivere, e per la prima volta si scoprì oscenamente mortale.

7

Quattro fotografie.

La prima li ritrae a una festa, il compleanno di Roberta. Alessio e Martina sono seduti sul divano in mezzo ad altre persone; vicino c'è Luca, che sembra agitare il bicchiere per sottolineare meglio un punto del discorso: mentre sul lato destro della fotografia, di spalle e accanto a una lampada, Michela sta parlando con me. (Ero tornato da Roma apposta, con l'idea di proseguire per Torino e passare qualche giorno dai miei). Alessio sta fissando Luca con attenzione, i gomiti appoggiati sul divano e il posacenere in bilico sulle gambe. Seguendo il fumo della sigaretta che si arriccia, ecco Martina: ha la guancia appoggiata alla spalla di Alessio e gli stringe il braccio. Indossa un vestito bianco e blu e fissa distratta l'obiettivo.

Nella seconda c'è solo lei, in primo piano. Il sorriso è coperto dalla mano che ha portato alla bocca, il gomito appoggiato su una gamba. Ha gli occhi che guardano di lato: probabilmente sta ascoltando qualcuno. I capelli sono più corti di come li ricordavo, un po' mossi sulle spalle. Porta una collana di metallo senza ornamenti e degli orecchini di perle. Il viso è perfettamente regolare, la guancia sinistra appena più in ombra. Appare stupenda. Ogni volta che la guardo penso che fosse davvero impossibile non perdere la testa per lei. (Ma la fotografia è un atto violento sulla realtà. La trasforma, la piega al suo volere, la trasfigura: e da tale inganno occorre difendersi).

La terza. Loro due che si tengono per mano, al tavolo di un bar sul marciapiede. Alessio ha una giacca grigia, lei un trench nero e un ombrello semiaperto che regge goffamente. Ridono felici. Dietro di loro un gruppo di cinque ragazzi attraversa la strada; più lontano si intravede un cantiere. I colori sono ricchi ma la foto ha una luce inquieta, e i volti delle persone sullo sfondo sembrano delle maschere prive di vita.

La quarta, infine, l'ho scattata io: forse pochi giorni dopo la festa di Roberta, o forse un mese dopo. (Ogni volta che tornavo a Milano imponevo brevi sessioni a qualche amico, per tenermi in esercizio con i ritratti negli interni). Alessio è seduto a terra nel corridoio del nuovo appartamento di Marco, con i capelli in disordine e la tromba in mano, e stavolta è lui a fissare diritto nell'obiettivo. Sorride appena. Martina invece è in piedi, un passo avanti: è molto pallida e il rossetto carminio crea un forte contrasto con il volto; si sta allacciando il polsino di una camicia a righe; guarda altrove.

8

«Sì, ricordavo bene come eravate», dissi, arrivati a quel punto del racconto. Alessio tacque e si rimise a fissare il bicchiere. Nel bar entrarono tre ragazze sui vent'anni, e ordinarono un giro di amari. Fuori il buio sembrava impenetrabile: guardai l'orologio di sfuggita e mi resi conto che eravamo seduti da quasi due ore. Non mi sembrava possibile. Alessio intanto continuava a rimanere in silenzio.

«Ma non hai freddo con quel cappottaccio?», gli chiesi, per riscuoterlo. «Qui dentro si gela, i cinesi ci van leggeri con il riscaldamento».

«Mangio un sacco di agrumi. Così non mi ammalo, nonostante l'alcool. Pensa, bevo almeno sei spremute al giorno».

«Sul serio?».

«No. Ti sembro il tipo che beve sei spremute al giorno?».

Scoppiai a ridere. Le ragazze pagarono e uscirono.

«Be', io ho freddo», dissi. «Non ti va di spostarci da un'altra parte?».

«No, questo è il posto giusto per la mia storia. Ordina un whisky. Dovrebbero avere del Glen Grant».

«Come fai a bere così tanto?».

«Anche questo è in tono con la storia».

«Eh. Guarda che fra poco cado sul tavolo».

«Ancora meglio. Mangia qualcosa, magari. Un panino, un toast?».

«Vado a sciacquarmi la faccia, poi decido».

«Ricordati di domandare le chiavi al bancone».

Mi alzai. Il bagno del Ritornello non era cambiato con la nuova gestione: un bugigattolo con una turca nella piccola corte sul retro. Rispetto a prima lo trovai più pulito; era scomparso anche il piccolo poster di Marilyn Monroe che Mario de Vescovi aveva appeso sopra lo specchio. In compenso era scomparso anche lo specchio, e il lavandino non funzionava bene. Mi passai la poca acqua sulla fronte e sui polsi. Rimasi per qualche istante fuori nella corte: la televisione a tutto volume al primo piano, una figura in giacca a vento che parlava al telefono sul penultimo balcone.

Rientrai tremando. Restituii le chiavi alla proprietaria, che mi fece un gran sorriso. Al tavolo, Alessio aveva ordinato un'altra birra per entrambi.

«Di che colore era?», chiese.

«Eh?».

«La pipì. Di che colore era?».

«Non ci ho fatto caso. Perché?».

«Se era troppo scura significa che sei disidratato. È importante tenersi idratati, quando ci si sbronza».

«Lo terrò presente. Comunque non credo di essere in grado di bere anche questa», e indicai la pinta di fronte a me.

«Prenditi un bicchiere d'acqua, ti farà bene».

«Sei sicuro di non voler andare altrove?».

«Sicuro. Ma non ti preoccupare; la storia non è molto lunga».

Sospirai: «Senti, credo di avere intuito. Ti sei innamorato, poi qualcosa è andato storto e stai ancora soffrendo. È successo a tutti, no?».

«No!», disse ancora, più forte. «Non è questo il punto. Se vuoi ascoltarmi, devi farlo fino in fondo; altrimenti vattene e tanti saluti».

Per un istante fui tentato; invece qualcosa mi costrinse lì. Ci fissammo, quindi lui scosse la testa e uscì per fumare: credo volesse darmi il tempo di riflettere. Chiesi un bicchiere d'acqua al bancone, come mi aveva consigliato. Con una certa sorpresa, mi rimise in sesto quasi subito.

Quando mi voltai, vidi Alessio fumare in una posizione stranissima: teneva la fronte appoggiata all'ampio vetro del Ritornello e le mani sulle tempie; guardava verso di me. Sembrava un pazzo, un vagabondo che appare al bar di una stazione e nel crepuscolo invernale spia i piaceri e il calore che non avrà mai più. Colpito in parte dal neon dell'insegna, il suo volto si rivelò nuovamente per ciò che era. Nei suoi occhi gonfi e infiammati trovai l'impronta di mille notti scomparse, e il segno di qualcosa che l'aveva cambiato fino a renderlo irriconoscibile. Un volto prigioniero dell'alcool e della storia che mi stava raccontando, prigioniero (non avevo mai conosciuto, fino a quel momento, qualcuno che potesse esserlo) di quanto aveva perduto.

Mi apparve infinitamente lontano dalla vita che tutti noi continuavamo a vivere. Ma era anche lì, di fronte a me, come un monito – la possibilità concreta di un fallimento che poteva riguardare chiunque. Ebbi paura, e insieme sentii la mia curiosità rifiorire.

Quando rientrò non dissi nulla. Mi limitai a bere un sorso di birra come per sigillare il nostro accordo: sarei rimasto, l'avrei ascoltato fino alla fine. E da quel momento non lo interruppi più.

9

Il sentimento che provava lo riempiva di sconcerto, quasi di venerazione. Il sesso con Martina era migliore di ogni altro. Da lì riemergevano ogni volta più felici e sfiniti, quasi a volersi consumare e non riuscirci mai: il piacere appariva inesauribile, ed era così semplice goderne.

Passavano ore a letto, durante le quali la necessità di Martina si faceva ancora più acuta di quando non fossero lontani. Benché gli bastasse allungare una mano per sfiorarla, per toccare quelle cosce snelle, quelle braccia così pallide percorse da lunghe vene verdi, non gli bastava mai. In una di quelle notti Alessio comprese che il «dolceamaro contentarsi» era un modo di corteggiare il nulla. Sfiorando appena la superficie delle cose, eri al riparo da qualunque forma di distruzione. L'amore invece lo portava a esistere con una violenza inimmaginabile; e di più: a dover rendere conto dell'esistenza di un altro essere umano.

Luca tornò a Milano per la festa di Roberta, dove qualcuno scattò la fotografia di cui dicevo. Naturalmente Alessio lo portò prima al Ritornello – «Eravamo proprio lì», mi avrebbe detto durante la nostra conversazione, indicando il tavolo accanto alla vetrina – e di fronte a una tazza di tè gli fece la cronaca dell'ultimo periodo.

«Guardati qua», disse Luca soddisfatto.

«Incredibile, vero?».

«Mi fai quasi invidia. Non ti manca più nulla».

«Ogni tanto mi manchi tu, paradossalmente».

«Non hai ancora imparato a pulire il bagno?».

«Ho imparato questo e altro».

«Quindi da solo te la cavi».

«Pago le bollette, getto i mozziconi, innaffio le piante».

«Hai una pianta? Tu?».

«Me l'ha regalata Martina».

«Oh, siete già a questo punto. Preoccupante».

Alessio si versò dell'altro tè. Poi prese quel che rimaneva dello zucchero e lo mise nella tazza.

«Con Pieter come va?».

«Benissimo. Ha appena cambiato lavoro».

«E tu l'hai trovato, il lavoro?».

«Per ora non l'ho nemmeno cercato. In compenso faccio il volontario in un ospizio».

«Sul serio?».

«Sul serio. Due volte a settimana».

«E cosa fai di preciso?».

«E che devo fare? Tengo compagnia ai vecchi, li aiuto, a volte li lavo. Li imbocco. Molti non riescono a parlare, si cagano addosso, o urlano senza motivo. Con quelli più svegli giochiamo a carte. E parliamo di calcio: per fortuna sono un esperto». Fece scrocchiare il collo. «Ho dovuto ripassare le formazioni del Bologna degli anni '50. Valentinuzzi, Pascutti, gente così. Una volta ho anche fumato una canna con una signora. Un'ex cantante lirica».

«Non è vero».

«Giuro. Prendila come una ricerca sociologica. Gli anziani mi affascinano molto. Stare con loro ti fa capire una volta per tutte che il nostro futuro non esiste. Qualsiasi preoccupazione legata al futuro è un'idiozia».

«C'è stato un tempo in cui volevo solamente invecchiare in pace».

«Lo so». Gli puntò un indice contro: «Anche mia nonna è morta dopo dieci anni di demenza senile. Ricordo che una volta, mentre le puliva la bocca, mia madre mi ha detto: *Se mi riduco così, sparami*. Rideva. Ma se succedesse, cosa dovrei fare? Prendere un fucile e spararle sul serio? Grazie a dio a noi non succederà».

«Ci sono persone che invecchiano felicemente».

«Non noi. Ma del resto, c'è già un sacco di gente in queste condizioni. Impariamo da loro». Finì il tè. «Il nostro piano pensionistico è morire giovani», concluse con un sorriso.

Pochi giorni dopo lui e Martina andarono a un concerto jazzcore tenuto in un centro sociale dalle parti di corso Lodi. Nel fumo della sala vedeva ergersi le grandi casse dei Marshall, monoliti neri, all'apparenza più adatti a una band metal.

Il gruppo era sloveno. Un quartetto con batteria, sassofono, chitarra elettrica e un bassista calvo che ogni tanto si avvicinava al microfono per canticchiare una nenia. Il primo brano li investì con una forza che non si erano aspettati: oltre al chitarrista, anche l'uomo al sax aveva attaccato un distorsore allo strumento.

«Questo è jazz?», urlò lei all'orecchio di Alessio.

«Credo di sì. Sì».

«Non mi convince».

«Lasciati andare».

Martina sospirò e lo abbracciò. Lui si guardò intorno. Il pubblico era sparuto, non più di una dozzina di persone. La stanza era piccola e la musica cresceva di intensità. Alessio si sentiva attraversare da ogni singolo fendente calato sulla chitarra, da ogni muggito del sax.

A un certo punto il bassista estrasse un megafono di cartone con cui quasi inghiottì il microfono. La batteria accelerò e il sassofonista cominciò a ripetere un ostinato di tre note. Il bassista intonava una filastrocca in falsetto, che il megafono amplificava in modo spettrale. La chitarra faceva a brandelli accordi che poco avevano a che fare con il resto.

Martina strattonò Alessio e gli gridò che voleva uscire, ma lui alzò una mano per dirle di attendere. Il batterista aveva rallentato improvvisamente la velocità del brano, e il raglio del sassofono uscì dalla gabbia di quelle tre note: ancora qualche battuta e la chitarra si unì al nuovo moto con un arpeggio.

Alessio ebbe un'intuizione – qualcosa stava per succedere. Si sentiva nell'aria, nella vibrazione dell'attesa, tutti lo compresero e infine accadde.

Il bassista tirò fuori un accendino e diede fuoco al megafono di cartone, mentre continuava a cantare la sua litania. Alessio e Martina aprirono la bocca.

I riff del basso e del sassofono confluirono in un'unica frase. Intanto il megafono bruciava – la fiamma arancio che lo divorava dal fondo era cresciuta, ed ecco un piccolo incendio rosso vivo: qualcuno di fianco ad Alessio gridò, un altro grido e un fischio gli risposero: il bassista fece in tempo a gettare un ultimo acuto tra le fiamme, più forte che poté, prima di abbandonare ciò che restava del megafono a terra e schiacciarlo con un piede.

Tutti si erano dimenticati della musica, che nel frattempo si era contratta fino quasi a scomparire. E mentre la carta era ormai cenere sul palco, il bassista aveva cominciato a cantare davvero: il sassofono si limitava a suggerire qualche nota di medio registro, e la batteria era ridotta a una carezza sui piatti. E lui cantava.

Cantava a voce piena, ora, un ritornello emerso dai detriti: qualcosa che poco aveva a che vedere con il jazz, eppure ad Alessio ricordava una versione più fragile e moderna di Billy Eckstine: cantava e cantò ancora per un minuto, mentre il resto della band ormai taceva – cantò a cappella, torcendosi le dita dall'emozione, in quella stanza piccola e buia, per una manciata di ragazzi sbalorditi, come se stesse annunciando la fine del mondo.

Uscendo da lì, Alessio e Martina si strinsero lungo il corso ancora pervasi dalla musica, e per la prima volta si dissero di amarsi. Se lo ripeterono a lungo, come increduli.

«Andiamo da te?», chiese Alessio.

«Aspetta. Voglio camminare ancora un po'».

«Dove siamo? Mi sono perso».

«Non importa».

Dopo un isolato di palazzi color mirtillo, Milano si sciolse in una successione di case basse. Alessio e Martina avevano rallentato il passo, e ogni tanto si fermavano per baciarsi. Lui le percorreva il viso con l'indice.

«Quando hai iniziato a suonare la tromba?», gli chiese Martina all'improvviso. «Non me l'hai mai raccontato».

«Be', da dove cominciare».

«La tromba e il jazz», disse lei.

«Da dove cominciare. In realtà sono due cose distinte». Fece un sospiro. «Un giorno, a quindici anni, accompagno quello stronzo di mio padre in un paese a una decina di chilometri dal mio. Deve vedersi con un macellaio o qualcosa del genere – ci sono di mezzo degli affari, e pensa che trascinandomi dietro imparerò qualcosa. Ma quando arriviamo a casa del tizio, lui si dimentica di me e comincia a litigare con il tizio. La discussione si sposta in fretta nel prato di fronte. Io resto da solo nel piccolo salotto, e mi accorgo all'improvviso di essere circondato da libri e dischi. Libri e dischi, a casa di un macellaio in un villaggio alpino? Mai visto niente del genere. Di certo non dai miei: nessuno leggeva, nessuno ascoltava musica. A quel punto dalla cucina esce una signora grassa e con l'aria più triste che abbia visto in vita mia: appena mi nota cerca di correggersi, sorride come se l'avessi colta in fallo, e si presenta. È la moglie. Parliamo del più e del meno, guardando fuori dalla finestra suo marito e mio padre che discutono agitando le braccia e bestemmiando. Quasi senza pensarci, faccio: "Quanti dischi. Siete appassionati?". E lei: "Soltanto io". E il modo in cui lo dice – dio, c'è qualcosa di terribile, qualcosa che mi ricorda mia madre, il modo in cui, lo intuisco per la prima volta senza capirlo, è sempre stata mortificata. Di colpo mi sale una tristezza infinita, ed è come se anche lei lo cogliesse: e allora il suo sorriso si addolcisce, si volta verso la parete, estrae un cd e me lo dà».

«Un cd di jazz».

«Stan Getz. Uno di quei *best of* che uscivano in allegato con il giornale».

«Non è incredibile? Una musica per pochi, eppure entrambi abbiamo...».

«In effetti», sorrise lui. «Ma devi tenere presente che per me quel nome non significava nulla. E qui veniamo al discorso della tromba. Ho imparato a suonarla alla banda musicale del paese, e non ricordo nemmeno come è cominciata. Era un passatempo. A mio padre piaceva la divisa, l'aspetto militare della cosa. Suonavo e basta. Marcette, qualche concerto durante le feste. Non mi era mai passato per la testa che ci fosse qualcosa di più. Per il resto ero un ragazzo come gli altri. Sbronze precoci, botte alle scuole medie per capire chi è il più forte, partite a calcetto e così via. Ma quella signora... Mi aveva regalato qualcosa di *bello*, capisci? Non era scontato. Non lo era affatto».

«Ti ha regalato il tuo primo disco».

«E la sera stessa lo metto sullo stereo, che fino a quel momento ha mandato solo la musica dance che ascoltava mio fratello e io ascoltavo di rimando».

«Dance commerciale italiana».

«Proprio quella».

«Gesù», rise lei.

«Però quella sera mio fratello è fuori con gli amici e io ascolto Stan Getz. E so che sembrerà il solito racconto dell'illuminazione adolescenziale, ma ti ripeto – devi mettere tutto in un contesto. Non avevo modo di capire quella roba: e infatti non l'ho capita. Il jazz in una valle di bovari. Comunque mi sono sforzato lo stesso, con la tenacia che hai soltanto a quindici anni. Che cazzo, ho pensato. Se me l'ha regalato ci sarà pure un motivo. E così l'ho suonato ancora, e ancora. E più lo ascoltavo e più mi piaceva. Cos'era? Non ne avevo la minima idea, eppure non riuscivo a staccarmene. Avrebbe potuto essere ogni altra forma di musica, per quanto mi riguarda, ma fu il jazz. Era qualcosa di nuovo – qualcosa che forse non mi avrebbe tirato fuori dalla merda in cui mi sentivo immerso; ma che almeno mi inchiodava alla realtà. Mi faceva capire dov'ero, e quante cose stupende c'erano altrove. Intravedevo le luci dell'America. Erano lì. Potevo riaverle quando volevo».

«Hai più rivisto quella signora?».

«Mai più. Ma ancora oggi ho un debito nei suoi confronti». Strinse la mascella. «Sarei potuto diventare come mio padre, o mio fratello. E invece».

«Non hai un gran rapporto con la tua famiglia, eh?».

«Temo di no. Ma quello che voglio dire è che siamo completamente impreparati alla bellezza. Ci capita, ma non siamo preparati», concluse, senza più capire se stesse parlando di quel disco o di Martina.

Stavolta tacquero a lungo. Lei lo strinse più forte e ancora una volta disse di amarlo. Ripresero a camminare. Chissà dov'erano finiti. Percepirono una sirena d'ambulanza spegnersi nella distanza. Un graffito urlava *Basta basta* sul muro scrostato di una casa. Oltrepassarono uno spiazzo sorvegliato da una gru e due bar con le saracinesche abbassate.

Alessio immaginò gli appartamenti che sfilavano al loro fianco, la lunga trafila di ballatoi e scale e camere da letto che si susseguivano, e le persone che li abitavano, stanche e disilluse come era stato lui un tempo; padri e madri e figli stesi sotto le coperte, con la testa cotta dalle temperature già troppo alte dei riscaldamenti centralizzati, toraci e braccia e gambe che si opponevano in ogni modo alla condanna del tempo che passa, la sveglia alle sette e venti, l'ordinata trama della propria vita e solo il bisogno di un po' di pace, di decenza, una buona giornata, una festa comandata, un esame del sangue che non rivela drammi. E in mezzo a questa moltitudine di affogati, Alessio si sentì emergere nella lieta ingiustizia del sopravvissuto.

10

A metà novembre partirono per un viaggio. Alessio aveva preso in prestito la vecchia Ford Fiesta di Marco; entrarono in autostrada nel tardo pomeriggio di un venerdì. Martina aveva una mezza idea di andare in Lunigiana, ma l'auto sterzò verso sud-est, quasi fosse dotata di volontà propria, e mentre il buio inghiottiva le colline, le Marche si allargarono sotto di loro come una collezione di propositi: nuovi paesaggi, cibi diversi, il piacere infantile dell'imprevisto.

Quella notte dormirono in un bed&breakfast in una sperduta località poco oltre Recanati. Nella luce fioca della stanza, mentre pioveva, Martina lo leccò lentamente, andando su e giù con la punta della lingua, senza mai inghiottirlo, godendo dei suoi mugolii. Il sabato mattina fecero colazione in un paese dal nome buffo. Mangiarono yogurt, frutta e pane tostato. Il latte era fresco e servito in una grande ciotola bianca con due prugne disegnate sopra.

Il pomeriggio lui le lasciò il volante. La strada si inabissò nuovamente negli Appennini. Una striscia regolare, con poche curve, fiancheggiata da querce. Il cielo era coperto dalle nuvole e Alessio si addormentò per qualche minuto: sognò di nuotare in una piscina; lo svegliò una frenata.

«Cosa...», biascicò.

«Scusa!», gridò Martina, suonando il clacson e indicando il camion di fronte a loro. «Questo coglione ha inchiodato di colpo».

Alessio si passò una mano sul viso: «Non ti preoccupare. Ho dormito molto?».

«No. Ma dimmi tu se doveva capitarci uno del genere davanti. Ma chi cazzo ti ha dato la patente?», gridò ancora.

Alessio la fissò. «Tutto bene?».

«Sì, sì», disse lei. Poi un sorriso: «Sì, scusa, sono un po' nervosa».

«Come mai?».

«Perché sono nervosa e basta. Va bene?».

«Figurati», sospirò lui. «Nessun problema».

La seconda notte la passarono a Macerata. La città era arroccata su un colle: piccola, nebbiosa e apparentemente senza vita: ma piacque a entrambi. Si persero nelle viuzze del centro tenendosi per mano e cenarono in un'osteria con un'insegna verde su cui era dipinto un cinghiale rampante. L'oste servì loro un piatto di spaghetti con il ciauscolo, grondanti d'olio e odorosi di tartufo. Martina ordinò una seconda bottiglia di vino che non finirono.

Trovarono un albergo economico non lontano dalla Loggia dei Mercanti: la loro stanza era all'ultimo piano, un po' fredda, stranamente elegante. Fecero l'amore due volte, e la seconda i loro vicini batterono forte contro il muro. Martina, ancora a cavalcioni sopra Alessio, rise forte e scosse la testa. Più tardi Alessio si fece una doccia e tornò stretto nell'accappatoio in stanza. Martina leggeva i racconti di Buzzati che le aveva regalato. Guardò alla finestra: dall'altra parte della strada, oltre un salto di tegole rosse, un gruppo di studenti mangiava una pastasciutta di mezzanotte sul balcone. Il mattino dopo c'era solo una sfilza di vuoti di birra; Alessio notò anche una piccola sedia sdraio e un pallone abbandonato in un angolo.

Una volta usciti dalla città Martina disse che per l'ultimo giorno voleva tornare al piano d'origine. Era più bella che mai, nell'abitacolo dell'auto, illuminata dal sole: accoccolata su se stessa, ancora infreddolita, con il bavero del cappotto alzato e le mani aperte contro la bocchetta del riscaldamento.

«Andiamo in Lunigiana?».

«L'ho sempre voluta vedere».

Alessio accostò in uno spiazzo ed estrasse lo stradario dalla tasca posteriore del sedile. Annusò istintivamente i fogli plastificati. C'erano due percorsi possibili: tagliare per l'Umbria e risalire la Toscana passando per Firenze, oppure riprendere la via costiera e proseguire fino a Parma, quindi imboccare lo svincolo per La Spezia. Senza chiedere a Martina decise per la seconda. Ingranò la marcia e ripartì.

«Quindi stiamo andando là?», chiese lei.

«Sì. Hai qualche meta particolare da suggerire?».

«Non lo so. In realtà non ho la minima idea di come sia fatta la Lunigiana», ridacchiò. «Ma mi piace il nome. E una ragazza che conoscevo all'università veniva da lì. Me ne ha sempre parlato come un posto speciale, selvaggio».

«Bene. Staremo a vedere».

«Ti dispiace viaggiare improvvisando?».

«L'ho fatto per anni».

«È che sembri così preciso e meticoloso in tutto».

«Davvero?».

«Be'».

«Non me l'avevi mai fatto notare», sorrise Alessio.

«Be'», ripeté lei ancora, alzando le spalle.

«C'è qualcosa che non va?».

«Ma no, no». Rise carezzandosi i capelli, senza troppa convinzione. «Sono solo pensierosa, stamane».

«E a che pensi?».

«Be', a noi. A me e te».

Alessio sentì un brivido.

«In che senso?», chiese.

«Ehi, che faccia preoccupata!». Martina rise ancora. «Stavo solo cercando di iniziare un discorso sul nostro rapporto. Con te sto davvero bene, lo sai». Si voltò a guardare le colline.

«Ma...?».

«No, nessun *ma*». Addolcì la voce. «Voglio stare con te il più possibile, e se tutto va bene vorrei stare con te per sempre, se questa parola ha ancora senso. Vorrei impegnarmi fino in fondo. E anche per questo mi piacerebbe parlare di – di tutto, ecco. Tu sei sempre molto taciturno».

«No, io...».

«Sì. Sei taciturno ed è difficile capire cosa pensi. La volta che mi hai parlato di più è stato dopo quel concerto al centro sociale, e poi basta. Ti ho chiesto di te, dei tuoi... E niente».

Ci fu un lungo silenzio.

«Ti ho mai parlato del dolceamaro contentarsi?», chiese Alessio.

«No. Cos'è?».

«Uno stile di vita a cui mi sono attenuto scrupolosamente prima di conoscerti. Il succo era aspettarsi il meno possibile dalla vita».

«Non mi sembra una ricetta molto originale».

«Non ho mai detto che lo fosse. Era una banalità, ma ci credevo davvero». Erano giunti all'ingresso della statale. Alessio rallentò e guardò Martina per un istante. «Te l'ho già detto. Ero convinto di non essere in grado di amare. E non avendo particolari ambizioni nella vita, ho finito per obbedire a quella legge: mi sono accontentato. È triste, ma è anche – come dire – igienico. In ogni caso funzionava alla perfezione, persino io ne ero stupito. Ti accorgi di come la ricerca della felicità abbia qualcosa dell'inganno».

«Ma è impossibile forzarsi in questo modo», disse lei. «Scusa, ma la trovo un'idiozia».

«Vero. Eppure mi ha risparmiato parecchia sofferenza. Prima non avevo idea di cosa desiderassi, di cosa volessi fare della mia vita. Poi con il tempo ho imparato a non pensarci più. Il desiderio mi sembrava una cosa sopravvalutata. Se te ne sbarazzi, ottieni la vera libertà».

«E invece ora?».

«Ora ci sei tu», disse Alessio.

Rimasero in silenzio ancora un po'. Gli Appennini erano ben visibili davanti a loro. Martina si era rabbuiata e lui non capiva perché. Alla fine disse: «Alessio, con te sono felice. Per quanto sia assurdo dopo così poco tempo, è così. Ma non dovremmo mai appoggiarci su qualcun altro per cercare la salvezza. Io posso offrirti me stessa, posso dirti che voglio stare con te. Ma non posso offrirti la salvezza».

«Ma non la voglio», rise lui. «Non ho mai chiesto niente del genere».

«Sei sicuro?».

«Sicuro».

«No», disse lei. «Non credo».

Rimasero freddi quasi senza parlarsi fino all'arrivo in Lunigiana. A Pontremoli si fermarono in un bar e Alessio chiese al proprietario se poteva suggerirgli un agriturismo a basso prezzo, possibilmente in alto sui colli. Lui rispose che aveva quello che faceva per loro, e gli consegnò un dépliant con delle brutte foto anni '80. Senza nemmeno parlarne con Martina, Alessio decise di prenotare.

Ripartirono. La strada si fece più erta e le abitazioni sempre più rare; i tornanti li portarono nel fitto del bosco. Alla fine videro spuntare sul bordo del colle un'ampia costruzione in sassi con una torre di vedetta che somigliava a un faro.

«Dev'essere quella», disse Alessio. Martina annuì; sembrava ancora seccata.

Alessio aveva paura. Non aveva mai dovuto gestire momenti del genere. Nelle relazioni precedenti era sempre stato il più abile a ricomporre i litigi: ma ora si accorse di non possedere un talento particolare. Semplicemente, non aveva molto da perdere.

La loro stanza era l'ultima in fondo al corridoio: dalla finestrella si vedeva uno scorcio dell'intera vallata. La distesa gialla e rossa di alberi e le nuvole grigio tortora che la minacciavano dall'alto. Oltre a Martina e Alessio c'era soltanto una famiglia di olandesi in vacanza fuori stagione. La proprietaria dell'agriturismo disse loro che avrebbero potuto cenare nella sala al primo piano.

Sempre senza parlarsi, uscirono nel bosco. L'aria era molto fredda e la luce stava calando. Forse avrebbe piovuto. Tenendosi per mano risalirono il sentiero che portava verso la cima del colle. Alessio cercava in ogni modo di cominciare un discorso, di tornare su quanto si erano detti, ma non ci riusciva. Cosa intendeva Martina con quelle parole sulla salvezza?

Sulla destra videro un piccolo raggruppamento di case e una specie di minuscolo bar: la vecchia vineria del borgo. Alessio aveva voglia di bere. Entrarono e ordinarono una bottiglia di Chianti e un piatto di testaroli al pesto da dividere.

La vineria era deserta e l'oste puliva il bancone aggiustandosi di continuo gli occhiali sul viso; Martina prese la copia de «La Nazione» al bancone e cominciò a leggerla con interesse del tutto apparente. Finirono in fretta la bottiglia. Avevano ricominciato a parlare, ma solo di dettagli: il telefono non prendeva, avrebbero dovuto portarsi dietro un maglione in più, il giorno dopo occorreva ripartire prima dell'alba...

Ordinarono un'altra bottiglia e altri testaroli: erano caldi e morbidi, lievemente spugnosi. Alessio ora stava molto meglio. Bere era sempre una soluzione a portata di mano; che stupido a non pensarci prima. L'oste portò loro anche una cesta di pane e una piccola ampolla d'olio. Mangiarono il pane e l'olio finendo la seconda bottiglia, con calma.

Ora erano ubriachi e ridevano, e avevano ricominciato a baciarsi. Uscirono all'aperto. Il vento batteva carico di odori del bosco. Sentirono un canto spegnersi, e poi una voce risuonare forte nella sera: girarono dietro al borgo per seguirla. Davanti alla chiesa, in un prato, c'era una messa all'aperto. Nonostante il freddo e la pioggia che minacciava di cadere da un momento all'altro, una ventina di anziani ascoltava con la massima attenzione.

La scena sorprese Alessio e Martina al punto che barcollando si sedettero su una panca, sotto un rampicante, a pochi passi dall'ultima fila. Una vecchia gettò loro un'occhiataccia. Martina trattenne una risata. Il prete era giovane: non più di trent'anni, snello, con degli occhialini tondi cerchiati di metallo e una massa di capelli ricci. Stava commentando un brano della *Genesi* legandolo a un insegnamento di Cristo: il momento in cui Dio intima ad Abramo di andarsene dal suo paese, dalla casa del padre, dagli affetti. Il prete disse che in ebraico il verbo era ancora più forte, un vero e proprio invito a levarsi di torno – *Vattene, vattene*: perché la terra promessa è altrove, di certo non qui, di certo non nella tranquillità che pretendi di dominare.

Alessio pensò che era vero, e che lo stesso era successo a lui. Martina si era appisolata sulla sua spalla. La svegliò con una carezza e disse che dovevano andarsene: *la messa è finita, andiamo in pace*.

Tornarono all'agriturismo barcollando e decisero di non cenare nemmeno. Mentre faceva la doccia, Alessio sentì le note di *Autumn Leaves* venire dalla stanza: quando uscì dal bagno vide che Martina era riuscita a collegare il suo iPod alle casse del piccolo stereo sul comodino. Fuori pioveva a dirotto. L'acqua batteva contro la finestrella.

«Scusa per oggi», disse lei senza alzare la testa.

«Non devi scusarti. Solo non capisco».

«Non credo ci sia molto da capire».

«Okay».

«Ma se ogni tanto ti sembro strana, dimmelo. Perché tutto questo è bello ma è anche...».

«Okay», ripeté Alessio con più forza. Voleva essere vigliacco e seppellire tutto sotto la coltre del momento. Si sdraiò nudo sotto le coperte. Martina gli fece spazio, lo strinse e pose la testa sul suo petto. Alessio ripensò alle parole di Luca sul futuro, e si accorse di quanto avesse ragione. Il futuro non contava nulla. E del resto non era puro presente anche la sua musica? Il jazz durava lo spazio di un'esecuzione, ogni volta diversa e ogni volta legata a un corpo. Non poteva essere fissata, non conosceva altro tempo. Anche il disco che stavano ascoltando, a modo suo, era una menzogna.

«Il futuro non conta nulla», disse ad alta voce.

«Come?».

«Dicevo solo che voglio restare così con te».

«Anch'io».

«Non c'è veramente nient'altro che importi».

«Sì. Sì».

Cannonball Adderley aveva iniziato il suo assolo. Si addormentarono pochi minuti dopo.

11

La crisi, se avesse avuto le forze e la lucidità di datarla, era cominciata con quel viaggio. O poco prima, dopo il concerto jazz: forse – come una parola fatata e maledetta – l'aver pronunciato ciò che provava per Martina aveva sortito l'effetto opposto. O forse ancora il processo era già in atto da tempo, fin dall'inizio, fin dal loro primo incontro.

Ma al momento l'episodio di freddezza fra le Marche e la Lunigiana venne dimenticato in fretta; e l'incanto provato da Alessio si liberò di qualunque prudenza. Non aveva anticorpi per contrastare quell'infezione: e dunque vi si abbandonò.

Fu il mese più felice della sua vita.

Il distacco che aveva modellato negli anni svanì, e dalle sue ceneri nacque un individuo che un tempo avrebbe schernito o persino detestato; un individuo frivolo, intriso di quella stupida banalità che solo la gioia concede. Il contrario dell'amore non era dunque l'odio, ma il cieco buon senso. Lo stesso buon senso che l'aveva guidato negli anni, insegnandogli che nulla era irripetibile e che in fondo non c'erano motivi per combattere qualsiasi battaglia. Ma ora gli bastava incontrare Martina al Ritornello per annientare ogni ragione.

Il mondo che tanto lo aveva affascinato, e su cui si chinava con l'occhio clinico dell'esploratore, si riduceva a uno scarto insignificante. Da questo mondo e dalla sua storia ora voleva soltanto disertare. E guardando Martina, litigando con lei per le sue distrazioni o i suoi ritardi, ridendo al suo fianco mentre guardavano un film, comprese che la fonte autentica della sua felicità stava proprio nel fatto di essersi reso inerme.

(«Capisci che idiota?», mi disse al Ritornello. Io ripetei che capivo. Amare significava proprio rendersi inerme; avrebbe potuto spiegarlo anche un ragazzino. Ma lui scosse la testa e insisté: «No, non è questo il punto». Poi ordinò un'altra birra: e io non vedevo l'ora di capire quale fosse il punto).

Anche Martina, del resto, sembrava felice. Un giorno a lavoro Alessio ricevette una sua lunga e-mail in cui gli raccontava quanto fosse per lei difficile lasciarsi andare dopo la catastrofe – usò esattamente quella parola – che le era capitata con Michele; e che per quanto le risultasse impossibile da credere, sentiva che fosse indispensabile farlo.

Tornando col pensiero a quel mese, Alessio ammetteva che la sua condizione l'aveva reso cieco di fronte ad alcune incoerenze, a certi comportamenti sospetti. Nonostante l'entusiasmo, lei si faceva ogni giorno più assente. A volte poteva essere una risposta scocciata nata dal nulla. Oppure una telefonata che durava più di un'ora – si nascondeva in bagno e sussurrava così piano che Alessio non poteva capire chi fosse all'altro capo (tentò ovviamente di origliare). O ancora un prolungato silenzio al mattino, mentre facevano colazione.

Si mise anche a raccontargli sempre più spesso di Michele. Prendeva il discorso alla larga, ridendo: sai, quella tal cosa buffa era capitata anche a lei e Michele mentre camminavano per Pisa – o quella canzone ascoltata per caso alla radio, era stato proprio lui a farle conoscere il gruppo – erano andati a sentirli insieme a un festival sui colli pavesi, dove poi erano rimasti a dormire all'aperto come due vagabondi...

«Di', ma perché mi parli di quel tizio?», le domandò Alessio al terzo aneddoto.

«Ma non so, così».

«Così».

«È anche per non nasconderti nulla».

«Che ragionamento è?».

«Mi torna ancora in mente. Ci sono stata insieme due anni, dopotutto».

«Sì, ma che c'entro io? Capisci che non è il mio argomento di conversazione preferito».

Lei si strinse nelle spalle; Alessio non seppe come interpretare quel gesto. Si alzò e accese una sigaretta alla finestra. Cadeva una pioggia leggera e profumata.

«Mi sembra naturale che ogni tanto pensi ancora a

lui», disse Martina. «No? Sarebbe strano il contrario. Non ti pare?».

Alessio non rispose.

Tuttavia, l'andamento di simili avvisaglie era incerto, difficilmente tracciabile, e compensato da improvvise eruzioni di gioia. Un sabato pomeriggio Martina gli propose di dare una mano in un piccolo centro di recupero e distribuzione del cibo per i poveri, dalle parti di Famagosta. Lei era molto attenta a queste cose. Per anni aveva insegnato gratuitamente italiano agli stranieri e fatto la volontaria in un centro contro la violenza femminile.

Erano appena usciti da una mostra sulla pittura fiamminga a Palazzo Reale, e ora scendevano verso Porta Ticinese, percorrendo a zig zag le stradine tra via Torino e corso Italia: via Falcone, via Lupetta, e l'improvvisa quiete di piazza Sant'Alessandro. Da giorni Milano era immersa nel grigio cenere, ma ad Alessio appariva sempre splendida.

«E sarebbe il sabato mattina, giusto?», chiese.

«Già. So che a te piace dormire, ma è una cosa bella».

«Forse è un po' fuori mano».

«Ci andremmo insieme. Rimarrei da te ogni sabato sera. Non ti va come idea?».

«Certo che mi va», disse lui: e come gli accadeva quel mese, provò un senso di sollievo all'idea di fare qualcosa di buono insieme a Martina. Voleva diventare migliore al suo fianco, e solo lì. La gente non gli piaceva. Per quanto fosse sempre gentile con tutti, l'idea di passare così tanto tempo in mezzo alle persone, anche per una causa nobile, era qualcosa che sopportava a fatica. Ma ora ecco una ragione per farlo: non gli importava molto di diminuire l'ingiustizia della città; sperava solo di renderla più adatta ai desideri di lei.

Qualche sera dopo, mangiarono sotto la lampada troppo forte della cucina di lei. I coinquilini erano fuori casa. Martina gli raccontò che avevano deciso di regalare alla loro capa, per il cinquantesimo compleanno, uno shooting fotografico professionale: «Dovevi vederla, era felicissima. Pensa ancora di essere una ragazzina, quella scema». Poi Alessio le fece altre domande sul centro di recupero del cibo di cui avevano parlato, ma Martina era di colpo tornata assorta; ora sembrava addirittura triste. Per un po' rimase zitta. Raccolse i mozziconi in un unico posacenere. Nella pentola brillavano le penne al sugo avanzate. Lui la cinse e avvicinò le labbra al suo collo; lei rabbrividì e gli poggiò la testa sulla spalla, ancora immersa nei pensieri: poi di colpo si riscosse e lo baciò a lungo, carezzandogli il torace. La mano scese fino ai pantaloni, e cominciò ad armeggiare con la cintura.

Alessio mi disse – senza imbarazzo, con gli occhi sognanti e acquosi dell'ubriaco – che quella fu la più gloriosa scopata della loro vita. Era sempre stato rapito dal piacere femminile: l'orgasmo di una donna era per lui la priorità, il che lo rendeva un amante particolarmente attento. Quella volta, oltre alla solita cura, ci mise qualcosa di più. La sapienza primordiale del corpo: qualcosa nei suoi muscoli aveva dato forma ai presagi; aveva intuito l'arrivo della fine, come un soldato nemico avvistato per caso sul ciglio di un monte, dietro al quale si prepara lo sterminato esercito degli invasori: e nel tentativo di contrastarlo, aveva offerto tutto ciò che era.

Anche Martina, forse, aveva compreso la stessa cosa. Quell'abbandono totale, quella fame disperata di piacere. Il modo in cui, dopo avere goduto, aveva continuato a stargli sopra muovendosi prima lentamente e poi ancora più forte, sempre più forte, porgendogli il seno verso la bocca e implorandolo di leccarla, mordendosi un pugno e carezzandosi con l'altra mano. Sì, mi confermò Alessio, fu la più grande scopata della loro vita; ma nonostante tutto, non avrebbe mai sospettato che sarebbe anche stata l'ultima.

12

Dopo quella notte, Martina scomparve per tre giorni. Scrisse ad Alessio spiegandogli che aveva bisogno di stare un po' da sola; aggiunse che non doveva preoccuparsi, era una cosa che le capitava di tanto in tanto all'inizio di ogni relazione – era successo così anche con Michele, aggiunse.

Alessio si limitò a risponderle che capiva. Non osò scrivere altro: ma l'attesa, benché breve, fu inquieta. Cercò di dedicarsi a questioni pratiche rimaste in sospeso: la caldaia che non funzionava bene, due lampadine da cambiare, un abbonamento del telefono più conveniente...

Il tempo si dilatava in modo capriccioso. Invece di prendere la metropolitana, Alessio tornò dall'ufficio a piedi per combattere il vuoto; e invece di percorrere le strade secondarie costeggiò il traffico della circonvallazione esterna: avanzava a testa bassa da piazzale Maciachini verso est, le mani nella tasca del solito cappotto, mentre intorno a lui Milano era precipitata nel buio e lungo i viali (tagliati nel mezzo dai binari del tram e da due file di alberi spogli) si accumulavano le luci delle auto in coda, le insegne rosse dei kebabbari e dei phone center:

viale Marche si inarcava verso l'alto su piazzale Carbonari, il paesaggio di colpo si apriva per poi spegnersi nuovamente più avanti, fra le case a due piani e i palazzi sghembi, i semafori, i taxi che schizzavano sulla corsia preferenziale, e il cavalcavia della stazione all'orizzonte. Nient'altro. Era come se dietro le facciate la città fosse impalpabile, priva di corpo. Una città di carta.

Quando Martina tornò, citofonando all'appartamento di Alessio senza nemmeno chiamarlo prima, sembrava in preda a una strana eccitazione.

«Portami da qualche parte», gli disse. «Andiamo in un ristorante dove non siamo mai stati».

Non disse nulla riguardo la sua assenza; né dov'era stata – se era stata da qualche parte – né a quali conclusioni era giunta. Alessio cercò di mascherare la gioia di riaverla fra le braccia.

Cenarono in un piccolo locale giapponese dalle parti di viale Monza. Alessio assaporò ogni istante della loro serata. La pienezza del tempo ritrovato. La semplice presenza di Martina che gli raccontava di un nuovo vestito che le piaceva ma era troppo costoso; di un tizio allo studio dentistico che era certo di avere una non meglio precisata «malattia mortale ai canini».

Quando tornarono nel suo monolocale, lei si sedette sul letto e gli chiese di suonare.

«Sai che non mi va», rispose Alessio. «E poi sono fuori forma. L'ultima volta che ho sentito Giulio, il contrabbassista, mi ha praticamente dato dell'infame. Ormai sarà un mese che non proviamo».

«Non importa», insisté lei. «Ho solo bisogno che mi suoni qualcosa».

«Ma...».

«Qualunque cosa. Ti prego».

Alessio prese la custodia della tromba dall'armadio, estrasse lo strumento, ne carezzò il metallo e fece un sospiro. Poi accese il computer e fece partire una traccia di batteria e basso che usava come base per gli esercizi. Una ballata in 6/4 con pochi cambi d'accordo – non poteva permettersi nulla di più complicato.

«È tardi», provò a dire mentre montava la sordina. «E sai come sono i vicini».

«Ti prego», ripeté ancora una volta lei.

La base era partita. Involontariamente, Alessio aveva cominciato a battere il piede per tenere il tempo: scosse la testa e portò il bocchino alle labbra. Respirò col naso per qualche istante, aspettando il momento giusto per fare la sua entrata: le dita della mano destra erano rigide sui tasti. Ora! Soffiò con dolcezza, sentendo i muscoli della bocca doloranti. Sondò la semplice struttura del pezzo con cautela, seguendo uno dei suoi lick preferiti, solo più lento.

Chiuse gli occhi e si abbandonò al ritmo su cui aveva improvvisato per domeniche intere. Dopo qualche battuta si sentì sicuro a sufficienza per tentare un fraseggio più veloce: fu stupito dal nitore del suo stesso timbro. Indugiò delicatamente su un Do, e gli parve di non aver mai compreso fino in fondo la bellezza di quella nota. La prolungò oltre il dovuto, e quindi la sacrificò usandola come un gradino da cui innalzarsi: una scala abbellita da fioriture comparve senza imprecisioni, quindi guidato dall'antico istinto si fermò per una pausa e lanciò uno sguardo a Martina: lei lo osservava con un'espressione così intensa da confonderlo. Non capiva quanto distacco ci fosse in quegli occhi, quanto desiderio, quanta disperazione o persino colpa. Eppure quello sguardo la rendeva talmente bella da straziarlo. Per un istante pensò di gettarsi in ginocchio e implorarla.

Ma già la musica lo richiamava al suo dovere, e Alessio riprese a soffiare: si avventurò in un frammento che corresse al volo perché suonava troppo melenso. Cercò riparo sotto un altro lick di provata sicurezza: ci danzò attorno con qualche variazione, finché non intuì di avere a portata di mano la frase giusta.

Ebbe un brivido. L'aveva immaginata tutta nel momento stesso in cui iniziò a suonarla: limpida, minimale, perfetta. A volte gli accadeva. A volte era come se improvvisando riuscisse davvero a raggiungere il centro della sua musica, o almeno a illudersi di poterlo fare. Ma adesso era diverso, c'era qualcosa di più: adesso stava suonando per la donna che amava.

Le prime note si diffusero con eleganza. Gli mancò il pianoforte del vecchio Gorla a sostegno. Zigzagò lungo la via che si era scavato, sollevando appena la tromba e riprendendo fiato per l'attacco finale: ma a metà della nuova battuta sentì la sua forza venire meno; tutto gli apparve più impervio del previsto, le note si confondevano quando cercava di emetterle.

E come sempre, ogni volta che provava a spingersi più in là di quanto il suo talento gli consentisse, ciò che restava in mano era soltanto un mucchio di suoni sghembi. Portò a casa la performance in modo dignitoso, tornando su binari più semplici. Quando levò lo strumento dalla bocca, deluso, nella stanza rimase solo il monotono andirivieni della sessione ritmica.

Alessio guardò Martina, sperando di essere stato all'altezza dei suoi desideri; aprì le labbra per dirle qualcosa, forse per scusarsi. Ma lei era rannicchiata sopra il suo letto e teneva gli occhi chiusi.

13

Martina se ne andò di nuovo durante il ponte di Sant'Ambrogio. Gli disse che sarebbe tornata dai genitori in Molise, approfittando delle vacanze; aggiunse che avrebbe pensato a lui tutto il tempo, anche se non specificò in quale maniera. Alessio, deluso e preoccupato, passò la giornata alla fiera degli Oh bej! Oh bej!, il mercatino natalizio di Milano. Vagò fra le bancarelle di dolciumi e di antiquari, di fiori e di giocattoli: la varietà di merci lo distraeva, e si sentiva protetto fra tutta quella gente indaffarata.

Vide una signora anziana vendere grossi mazzi di girasoli, che splendevano incongrui e giallissimi nel freddo pomeriggio cittadino. Vide cesti di caramelle rosse, stringhe di liquirizia, bastoni di lecca lecca e canditi; e poi lampade di carta dai colori pastello, un ambulante con una dozzina di palloncini in mano, guanti di pelle e ombrelli e pentole e lampadari in finto cristallo, interi vassoi di cannoli e sfogliatelle, sacchi di iuta ricolmi di mandorle, formaggi e salami bergamaschi e berretti e grembiuli e bambole d'epoca.

Nell'aria resa tersa dal freddo, l'odore delle caldarroste vendute agli angoli delle strade era ancora più intenso, e gli ricordò i lunghi inverni in montagna: il camino a casa del nonno su cui ancora cucinava, i maglioni sporchi di cenere.

Giunse davanti all'entrata principale del Castello Sforzesco. La cima della Torre del Filarete si stagliava netta contro il quarzo grigio del cielo. Alessio ripensò a quando aveva suonato col suo gruppo nel cortile interno, durante una grande rassegna di eventi. Una mezz'ora di jam session senza pretese. Sorrise. La musica gli mancò all'improvviso in modo netto – gli mancarono i litigi con Giulio, gli mancò l'amara ironia del Gorla, gli mancarono soprattutto le due ore in sala prove, le innumerevoli prove di uno stesso pezzo, l'aria irrespirabile di quei locali insonorizzati, le sigarette scroccate al gestore che passava il tempo a guardare porno su internet.

Decise di telefonare subito a Giulio. Ma proprio mentre si sedeva su una panchina e portava il cellulare all'orecchio, accanto a una bancarella di berretti e calze di lana vide Martina.

Giulio rispose alla chiamata, Alessio la interruppe ancora prima di parlare. Si alzò: voleva coprire la ventina di metri che lo separavano da lei, ma non ne fu in grado. Provò ad avvicinarsi un poco, spostandosi in diagonale fra la gente per non farsi vedere. Addirittura si mise sui calcagni. Era davvero Martina? La guardò parlare con un'altra ragazza che non aveva mai visto, e poi ridere come aveva sempre fatto, gettando la testa all'indietro e unendo le mani. Alessio si sentì avvampare. Gli aveva mentito. Non era mai partita. Il telefono squillò fra le sue mani: ancora Giulio. Alessio rifiutò la chiamata e lo spense. Cosa doveva fare? Lo sapeva bene, cosa doveva fare: raggiungerla, togliersi quell'ultimo residuo di dubbio che non fosse lei, salutarla come se niente fosse, e poi andarsene.

Provò a muoversi, senza riuscirci. Non voleva assistere a nulla di simile, non osava conoscere la verità. Per un istante la scena si ammantò di una strana dolcezza. Alessio abbassò la testa per un istante, poi la rialzò: quella ragazza, chiunque fosse, prese sottobraccio l'amica e scomparve nella folla verso Parco Sempione.

La settimana dopo – Martina era ricomparsa, eccitata e stramba come la volta precedente, con un sovrappiù di ansia e sorrisi tirati, tanto che Alessio sospettò che avesse cominciato a farsi di cocaina, visto che i sintomi erano molto simili a quelli di suo fratello, nel periodo non breve in cui si era dedicato a quella droga – la settimana dopo tornarono insieme a casa di lui dopo una cena da Marco.

Andarono a letto e si sdraiarono sul fianco; Alessio le cingeva i fianchi da dietro, cominciò a stringerle il seno e baciarla sul collo. Non facevano sesso da quella famosa volta. Lei prese a ridere e scuotere la testa. Lui sulle prime la assecondò, poi provò a spostare le dita verso le sue mutandine. Lei chiuse le gambe di colpo. Alessio si fermò. Risalì con dolcezza il suo corpo e deglutì. Poi lasciò passare cinque minuti, dieci, quindici. Alla fine riuscì a pronunciare le parole che masticava in bocca e che avrebbe dovuto dire molto prima: «Non vuoi più fare l'amore con me».

«Eh?», disse lei voltandosi.

«Non vuoi più fare l'amore», disse ancora Alessio.

Guardavano entrambi il soffitto. Alessio si voltò appena: nel buio, il profilo esatto di Martina era ancora riconoscibile e lo ferì a morte – era così bella.

«Non è quello», disse lei alla fine.

«E allora cos'è?».

«Non lo so».

«Non lo sai».

«No».

«Cosa vuol dire?».

Un altro silenzio. Alessio avrebbe voluto gridare, ebbe quasi la certezza che un grido gli stesse per uscire dalla gola, e invece no. Una paralisi l'aveva colpito in quel letto troppo piccolo, a un palmo di distanza dall'essere che più aveva desiderato, dall'unico essere che aveva mai desiderato al punto di umiliarsi, se necessario.

Con uno sforzo che gli apparve enorme, riuscì di nuovo a parlare: «Martina, non mi piace essere preso in giro. È l'unica cosa che chiedo». Quindi si voltò sul fianco e chiuse gli occhi. Di più non poteva fare.

«Io non prendo in giro nessuno», disse lei, e gli appoggiò una mano sulla spalla. Non lo abbracciò. Alessio comprese che era la fine, non ancora l'atto conclusivo ma comunque la fine: lo sentì come una verità indiscutibile, una semplice operazione aritmetica. Il suo unico pensiero fu: *Così presto? Davvero così presto?*

Strinse le lenzuola e seppellì la testa sotto le coperte. La mano di Martina era ancora poggiata lì, inerte, sulla sua spalla: la mano di chi offre pietà e consolazione, ma nulla di più. Sommerso da questa vergogna, si addormentò.

La mattina dopo era domenica. Lei uscì di casa presto perché doveva incontrarsi con Arianna in centro. Alessio rimase a letto fino all'una. Si trovarono a pranzo in una trattoria di operai vicino a piazzale Piola, dove ancora servivano «riso bianco a piacere» e i piatti non costavano più di quattro euro. Alessio ordinò spaghetti al ragù, Martina una bistecca. Non bevvero vino. La sala era piena di uomini di mezza età che chiacchieravano a voce alta, stravaccati sulle sedie di legno, già arrivati al caffè. Mangiarono in silenzio. Alessio fu sorpreso dal suo appetito: pensava che non sarebbe riuscito nemmeno a infilare la forchetta nella pasta.

«Parliamo?», disse poi, allontanando il piatto da sé.

Martina annuì.

«Mi sembra di capire che è finita. Giusto?».

«Alessio, io...».

«Per favore», alzò una mano. Si sentiva stranamente lucido. Durante il percorso che aveva fatto a piedi per raggiungere la trattoria aveva barcollato tremando, ed era stato più volte sul punto di tornare verso casa. Invece adesso aveva riacquistato un po' di dignità. «Per favore, niente discorsi. Dimmi solo come stanno le cose».

«Aspetta. Ascolta».

«Dimmi apertamente: è finita. Tutto qui».

«Ascolta, ti dico!». Sospirò. «Per prima cosa devi sapere che non ti ho mai tradito, e che fin dall'inizio ero sincera. Ero sincera».

Alessio fece una smorfia.

«Ma le cose sono state più complicate del previsto», proseguì lei, annuendo per darsi forza. «Capisci cosa voglio dire?».

«No».

«È successo tutto troppo in fretta. Tutto. Capisci? E ora hai ragione a odiarmi. Hai assolutamente ragione, lo sai». Alzò gli occhi e lo fissò, allungando una mano sul tavolo; Alessio la respinse. Lei cominciò a piangere sottovoce. «Non avrei mai voluto».

Alessio voltò la testa. Gli uomini al tavolo di fianco si erano alzati a pagare. La padrona dell'osteria faceva i conti dicendo che avrebbe offerto a tutti un giro di grappa. Ci fu un piccolo boato di gioia.

«Fammi capire: mi stai dicendo che devo dispiacermi per te?», chiese Alessio senza girarsi.

«No, assolutamente. No».

Ora lui la guardò: «Perché quello che ho capito di tutta questa storia è che sono stato usato come uno straccio per lavare via lo schifo che hai provato con Michele».

«No! Non avrei mai fatto una cosa del genere».

«Non sto dicendo che l'hai fatto coscientemente. Ma il risultato non cambia».

«No», sussurrò lei per la terza volta.

«Perché è tutto un semplice gioco fra te e quel pisano del cazzo. Ora tornerai da lui, vero?».

Lei sbarrò gli occhi, allontanò la mano: tacque. Alessio ebbe un sorriso feroce.

«Oh, certo. Ecco qui tutta la verità».

«Aspetta. Aspetta».

«Ecco la nuda verità. Quando è successo? Due settimane fa, un mese fa? Mentre eravamo in Lunigiana?».

«Cosa?».

«E ovviamente sei stata con lui a Sant'Ambrogio. Ti ha raggiunto qui a Milano. Altro che in Molise dai tuoi».

«Ora straparli. Ti rendi conto di cosa stai dicendo?».

«Ti ho vista alla fiera. Davanti al Castello. Eri con una ragazza – cos'era, una sua amica? Avete fatto una rimpatriata?».

«Tu sei pazzo».

«Per favore», disse lui giungendo le mani e chiudendo gli occhi. «Per favore. Ricorda cosa ti ho detto ieri sera: non voglio essere preso in giro. Chiedo solo questo».

Lei continuava a piangere. Non riuscì a rispondere. Ammise di non essere mai stata in Molise, ma fu chiaro che le mancavano le forze per ammettere ciò che più atterriva Alessio: non la fine di quell'amore, bensì la sua insignificanza. Di fronte a quel viso distrutto, si rese conto di non essere mai stato realmente importante per lei.

Così si alzò, andò al bancone a pagare, e corse fuori. Il dolore lo aggredì di colpo allo stomaco. Appoggiò una mano contro il muro per non cadere, e dietro di sé vide Martina in lacrime che lo fissava, le mani in testa come se avesse appena assistito a un incidente.

Gli si avvicinò e lo strinse, e lo baciò. E ad Alessio parve una consolazione così limpida, persino una promessa. Ma poi si staccarono.

«Ciao», disse lui, e se ne andò. Martina non disse altro. Sbucò nel piazzale che circumnavigò con passo deciso, quindi imboccò via Pacini sul lato destro. Sul marciapiede scansò qualche impiegato di ritorno in ufficio dopo la pausa pranzo e gli studenti del Politecnico che camminavano lentamente, gli zaini in spalla, ridendo a voce alta. Li invidiò; avrebbe voluto spaccare loro la testa. Senza pensarci svoltò in via Teodosio, dirigendosi verso nord. Davanti a un negozio di elettrodomestici, un uomo smilzo fumava guardando le vetrine. Alessio superò via Vallazze ma girò nella più ampia via Porpora, che nella foschia di quella giornata gli apparve la strada di una remota città dell'occidente, una città nordamericana dove l'inverno durava mesi interi.

Fissò per un istante l'insegna gialla e nera del benzinaio Eni alle sue spalle, e quindi avanzò. Una rosticceria cinese. Una vecchia corte. La danza irrequieta dell'arabo. Cartoni spezzati e sparsi sul marciapiede. Una macelleria si offriva al quartiere, la porta spalancata: appese ai ganci, le carcasse avevano sfumature d'avorio.

Giunto in piazza Gobetti, si arrese. Il corpo cedette e lui lo lasciò cadere su una panchina coperta di foglie fradice. Si raccolse su di sé tremolando, in posizione fetale, ignorando gli sguardi dei passanti. Rimase così per qualche minuto, piangendo.

Almeno era finita, si disse. Almeno era finita e non c'era appello. La prospettiva gli offrì del sollievo: avrebbe ricominciato, e questa volta per sempre, a coltivare una forma di disillusione impenetrabile. C'era una via d'uscita.

«E invece lì cominciarono i miei guai», mi avrebbe detto poco più di un anno dopo, al Ritornello.

14

Il lunedì seguente alle otto, Alessio telefonò in ufficio dicendo che aveva avuto una ricaduta d'influenza. Poi chiamò il medico, un tizio compiacente, e simulando una voce roca descrisse i sintomi che avrebbe dovuto provare. Il medico evitò di fissargli un appuntamento e gli concesse tre giorni di malattia.

In quelle settantadue ore cercò di assorbire il trauma ripensando al suo comportamento durante quella storia. Chiamò Luca. Chiamò Marco. Chiamò tutti i suoi amici – «Chiamai persino te, ricordi?», mi disse al Ritornello – alla ricerca di una terapia. Ricevette in cambio la solita dose di banalità, di cui non seppe che farsene. Dovevano pure esserci delle colpe o delle ragioni.

Alla fine si decise a chiederlo a Martina stessa. Sapeva che era un errore, ma aveva bisogno di una conferma. In realtà, com'è ovvio, desiderava soltanto convincerla dell'enormità del suo abbaglio.

Le telefonò, dunque, il mercoledì sera; e fu sufficiente la sua voce per renderlo di nuovo inerme. Parlarono per più di un'ora, durante la quale entrambi piansero: Martina gli assicurò ancora che ogni sua parola nei suoi confronti era stata sincera, e che mai aveva conosciuto un ragazzo in grado di farla sentire così amata.

«E allora?», chiese Alessio esasperato. «Perché farla finita in questo modo?».

«Perché queste cose non c'entrano nulla. Non si fa una somma di qualità e si tira una riga».

«Quindi non c'è modo di regolarsi!», gridò. «Va tutto a caso!».

«Sì. Purtroppo è esattamente così», rispose lei. «Credi che a me non sia mai capitato? Che non sia mai stata ferita? Eppure conosci il mio passato».

«Dico solo che è terribile. Non voglio vivere in un mondo del genere».

«Lo so. Ma è il mondo in cui vivono tutti».

Lui tacque. Il tono amaro e definitivo di Martina non ammetteva repliche. Alessio cercò qualcosa di crudele da dire, qualcosa che la ferisse; e rimpianse di non essere stato più crudele con lei quando ne aveva avuto la possibilità. Ma non trovò nulla. Quindi proseguì, determinato almeno ad andare fino in fondo.

«Posso solo chiederti un'ultima cosa?».

«Certo».

«Perché lui? Perché tornare da Michele?».

«Alessio...».

«È l'uomo che ti ha tradita, Cristo santo. Perché lui?».

«Perché lo amo ancora. Mi sono accorta che lo amo ancora».

Lo sgomento paralizzò Alessio per qualche istante.

«Mi avevi chiesto di essere sincera». La voce di Martina era in frantumi. In un certo senso, Alessio comprendeva che in quel momento stava soffrendo persino più di lui – il suo dolore era così palpabile che ne fu quasi commosso. Era esattamente nella sua condizione. Amava l'essere che la stava distruggendo. «Me lo avevi chiesto», proseguì singhiozzando. «E lo so. So quanto è terribile. Io almeno non ti ho tradito. Credimi, sono disperata anch'io: devi credermi, almeno su questo. Non sono una persona cattiva. Ma non posso farci niente. Lo amo, ed è sbagliato. Ma non posso farci niente».

Alessio passò gli ultimi giorni prima di Natale in uno stato febbrile. Una mattina non riuscì nemmeno a presentarsi al lavoro, e dovette simulare una nuova ricaduta. In seguito ammise che quella fase, pur somigliando molto a un delirio, conservava ancora dei lampi di serenità; l'avrebbe rimpianta. Proprio come nei giorni lieti dell'innamoramento, non aveva alcuna mappa per orientarsi nel territorio dell'abbandono – in quel regno vagava stupefatto.

Dormiva pochissimo. Nel breve spazio del sonno, gli incubi erano così intensi da confondersi con il risveglio per molti minuti. Già intuiva che la perdita di Martina non aveva colpito solo il presente e il futuro, ma anche il cumulo di possibilità che crescevano attorno al tempo lineare: l'aveva privato di tutto ciò che avrebbero potuto, o meno, essere. Rimpiangeva persino i modi in cui forse si sarebbero tormentati a vicenda, e le altre ferite che avrebbe subito.

Eppure la speranza lo sosteneva e lo illuminava di tanto in tanto: bastava un sogno felice – lui e Martina in un luogo dove non erano mai stati, una città marina con grandi drappi sui pinnacoli e muri blu – bastava un sogno felice per fargli credere nel potere premonitore dell'inconscio.

(«Credevo sul serio a tutte quelle stronzate», mi disse al Ritornello, con la solita risata vuota. «Non è affascinante, il potere della sofferenza su una persona?».

«Non lo so», risposi. «Dovrebbe servire anche a crescere».

«Lo credi davvero?».

«Mi sembra ovvio. Ma dipende dall'uso che se ne fa», aggiunsi, con una punta di cattiveria.

Lui sembrò ignorarmi: «No, non sono d'accordo. E non solo per quel che mi riguarda», puntualizzò, come se mi avesse letto nel pensiero. «Penso che il dolore – quantomeno, un certo tipo di dolore – non ti faccia imparare nulla in generale. Non serve a niente. Se sei fortunato, gli sopravvivi. Altrimenti ti distrugge e basta».

Alzai le spalle: «Mi sembra una grossa semplificazione».

«Forse. Ma se sei sfortunato, la sofferenza da un certo punto in avanti si riproduce. Si alimenta da sé. Anche per questo motivo è meglio non chiedere mai a un individuo quanto dolore sia in grado di sopportare, quale sia il suo limite. È una domanda stupida».

«Perché?».

«Perché secondo me non c'è alcun limite», rispose).

15

Trascorse il Natale a casa dei suoi, completamente ubriaco dalla notte della vigilia a Santo Stefano, quando si svegliò sul pavimento della camera da letto. Fece colazione con del pane e del formaggio di malga, poi indossò la vecchia giacca a vento che usava da ragazzo, mise gli scarponi e uscì.

L'intero paesaggio era imbiancato, e di fronte a lui le vette delle Alpi svizzere brillavano per metà di una luce abbagliante, inondate dal sole del mattino, e per metà emergevano a tratti da una massa di nuvole color piombo. La casa dei suoi genitori era la penultima del paese: la strada continuava per chilometri snodandosi lungo la valle, prima di incrociare il villaggio successivo. Alessio respirò a fondo sentendo la gola pizzicare, e imboccò il sentiero che portava verso la foresta. La nausea scomparve in fretta. Più camminava, arrancando nella neve fresca, e più si sentiva restituito alla vita. La mente si adattava al paesaggio, e la presenza di Martina appariva ora sbiadita, un peso inutile a valle.

Entrò cautamente nel bosco; bastava superare la prima macchia per poi sbucare in una vasta radura, nel mezzo della quale c'era un casolare disabitato. Era lì che da ragazzo andava a esercitarsi con la tromba d'estate, al fresco, dopo le lezioni presso la banda: e più spesso ci si acquattava con i giornalini porno che scambiava con gli amici di un tempo (Gianni, Livio: che fine avevano fatto?). Le ore passate a masturbarsi con un occhio alla finestrella per evitare che lo beccasse qualche pastore. Ricordò i fiammeggianti autunni della sua terra, l'aria che lo abbacinava come un secondo orgasmo.

La porta del casolare era chiusa; provò a forzarla, invano. Risalì ancora un poco la radura e appena prima della nuova coltre di abeti – carbonizzati dalla stagione e rivestiti da sottili trame bianche – si lasciò cadere a terra e si sdraiò. Il cielo era mutevole. A ovest le nuvole si erano compattate e sembravano sul punto di inghiottire anche il resto dell'azzurro, ma ogni tanto nel manto scuro compariva una fessura.

Steso sulla neve, gli sovvenne una fiaba che sua madre amava raccontargli da bambino. In un tempo lontano, uno stregone colpì il buon re con un incantesimo: si sarebbe invaghito del primo essere vivente che avrebbe visto una volta uscito dalle mura della città. Pochi giorni dopo il re uscì alla testa del suo esercito per combattere una guerra, e lo stregone fece in modo che una lepre gli tagliasse la strada. Il re fermò l'esercito, raccolse la lepre e non volle mai più separarsi da essa. Privo di guida e di governo, il suo regno crollò rapidamente. Il sovrano venne detronizzato; con la lepre in braccio dovette abbandonare la città e condurre una breve vita da vagabondo, prima di finire ucciso da un ladro in un'osteria. Ma dov'era la morale? Il re era felice, pensava il piccolo Alessio stretto nelle coperte della sua casa d'infanzia; e così pensava ora nella neve. Il re era felice – e che importava fosse a causa di una lepre? Che importava fosse frutto di un maleficio?

La sera accompagnò suo fratello Angelo a pulire il negozio. Il padre aveva deciso di tenerlo come aiutante al suo alimentari, per evitare che si mettesse di nuovo nei guai. Angelo aveva tre anni in più di Alessio, e una storia travagliata: fin da ragazzo era stato violento e aggressivo, e prima dei vent'anni era già finito in carcere due volte per rissa e resistenza a pubblico ufficiale. Poi aveva iniziato a vendere coca ed ecstasy negli alberghi della zona e nelle tre discoteche della valle – Alessio ne ricordava bene una, l'ex calzaturificio riadattato dove i suoi compagni di liceo andavano a sfondarsi di cuba libre e tirare l'alba.

Con il tempo aveva cominciato a fare largo uso delle droghe che vendeva, e il padre l'aveva costretto a frequentare un centro di disintossicazione. Per un po' aveva rigato dritto; aveva anche trovato un posto come muratore presso la piccola azienda di un cugino. Poi una mattina la polizia l'aveva ritrovato ai margini di un bosco, svenuto, con il volto tumefatto di botte e un po' troppe pasticche in tasca. Un altro giro in carcere, il lavoro perso. In tutto questo periodo, solo Alessio gli era rimasto vicino. Non lo perdonava, non cercava scuse superficiali per il suo comportamento, ma nemmeno lo aggrediva come chiunque altro.

Quando Angelo ebbe finito andarono insieme alla cooperativa anziani del paese. Era un locale buio, dagli interni in legno e metallo, con un grosso orologio rosso sopra il bancone. Ci andavano spesso per bere in pace: anche perché il paese non offriva molte alternative. Si sedettero all'angolo, sullo stesso lato della panca, come avevano sempre fatto. Ordinarono due birre e due grappe. Un vecchio amico del padre li salutò toccandosi il cappello.

«Allora», disse suo fratello quando arrivarono i bicchieri.

«Allora».

«Mi vuoi spiegare come ti sei ridotto?».

«E come mi sarei ridotto?».

«Non fare lo stronzo con me».

Alessio alzò le spalle: «Donne».

«Sì, questo l'avevo capito. Sono tre giorni che stai zitto e ti ho sentito frignare in bagno l'altra notte. Quello che non capisco è perché uno come te arrivi a conciarsi così».

«Io ricordo che eri tu il duro, fra noi due».

«Siamo entrambi dei duri».

«No».

«Sì».

«Non avevi detto che vivere con un frocio mi aveva reso "pari a lui"? Parole tue».

«Vaffanculo». Finì la grappa in un sorso, poi attaccò la birra. «Questo non c'entra niente e non ho voglia di litigare ancora per quella cazzata. Sai che non stavo bene quando l'ho detta».

«Okay», disse Alessio.

«Il punto è un altro. Siamo sempre stati dei duri: e ora solo a guardarti mi viene male».

«Allora non guardarmi».

«Vaffanculo», ripeté Angelo con voce monotona.

Alessio ridacchiò.

«Non ridere. Anche la mamma è preoccupata».

«La mamma è sempre preoccupata».

«Spiegami cos'è successo, almeno».

«Cosa vuoi che sia successo. Mi hanno spezzato il cuore».

Lui fece una smorfia: «Ti hanno spezzato il *cuore*? Ma ti senti come parli?».

«Ascolta, se vuoi farmi la predica fammela, ma...».

«No, ascolta tu. Sei sempre stato quello in gamba. Il bravo ragazzo dei miei coglioni. Ma non sei mai stato un rammollito, questo no. E mai, mai nella tua vita ti ho visto stare così male. Mai. Nemmeno quando andavo al Sert, Cristo».

«Cos'è, mi stai incolpando perché soffro di più ora? È una gara?».

«Non dire cazzate. Dico solo che non pensavo ci fosse qualcosa in grado di stenderti in questa maniera».

Alessio alzò ancora le spalle: «E invece».

«Sì, ma una donna. Com'è possibile?».

Alessio guardò fuori dalla finestra. Aveva ripreso a nevicare. Lo stupore di Angelo, che fino a qualche mese prima avrebbe condiviso d'istinto, ora gli sembrava incomprensibile. Lungo la stradina fuori dalla cooperativa, giù verso il torrente, una signora camminava tenendo l'ombrello con entrambe le mani. Di colpo Alessio si sentì stanchissimo: già, com'era possibile? Il ricordo di Martina, che fino a quel momento aveva provato a seppellire, riemerse in tutta la sua gloria spietata: la rivide nuda sul suo letto, le gambe sotto le coperte, mentre leggeva; la rivide nella sera in cui, al Ritornello, aveva chiesto a Mario de Vescovi un mazzo di carte e passato un'ora a giocare a briscola con Michela; la rivide mentre tentava di arrampicarsi sul muretto di una cascina sfitta del pavese, durante una gita domenicale, perché si era convinta che dall'altra parte c'era un cane abbandonato («Lo capisco da come abbaia!», gridava). La rivide com'era, incantevole e perduta per sempre.

«Non lo so», disse, e mentre parlava si accorse che gli occhi gli si erano di nuovo riempiti di lacrime. Stava piangendo di fronte a suo fratello, di fronte all'uomo con il quale aveva giurato di non cedere mai ai sentimenti. «Ti giuro che non lo so», ripeté.

Si aspettava che Angelo gli urlasse contro o se ne andasse, e invece lo abbracciò. Lo strinse forte, gli carezzò la testa.

«Stai tranquillo», disse. E poi, indurendo la voce: «Sono solo puttane. Sono solo tutte puttane».

Alessio ripartì pochi giorni dopo. Angelo lo accompagnò alla stazione degli autobus del paese vicino. In auto fissò il volto segnato del fratello, i capelli rasati, il tic nervoso alle labbra. Negli anni, Angelo aveva sempre rappresentato tutto ciò da cui lui voleva fuggire: ma la sua vita ora gli apparve invidiabile, solida. Era un uomo che non aveva mai subito delusioni. Sapeva quanto potesse essere crudele il mondo, e si affrettava a colpirlo per primo.

Si strinsero la mano in silenzio; Angelo tirò su col naso nel parcheggio vuoto. «Rimettiti in piedi», disse soltanto.

Durante il viaggio Alessio ascoltò tre volte *Clifford Brown & Max Roach*, senza trarne beneficio. Milano era sepolta dall'oscurità. La sera di San Silvestro si coricò poco dopo le nove, mentre già partivano i botti: nel letto del suo monolocale infilò le lenzuola nelle orecchie.

Gli otto giorni successivi l'azienda dove lavorava era chiusa. Le prime ventiquattro ore rimase a letto, in preda a tremori e crisi d'ansia simili a quelle che aveva avuto da piccolo, e che suo padre scambiava sempre per manie d'attenzione – «Sei solo uno stronzetto viziato», gli diceva.

Coltivò la sua gelosia e il suo rancore nel minimo dettaglio. Immaginava Martina spogliarsi e ridere pudicamente mentre carezzava il volto di Michele; la immaginava scopare con lui nel letto di casa sua a Pisa, al ritmo di tutt'altra musica, circondata da oggetti sconosciuti; la immaginava venire gridando come faceva spesso, battendo un piede sulle coperte – e poi stringerlo in un empito di passione. Quelle fantasie gli provocavano un odio così assoluto, così puro, che ne usciva ricolmo di terrore.

Non sapendo che altro fare per placarlo, decise di bere. Era, al solito, la soluzione più semplice. Ogni giorno sedeva al tavolino nel tardo pomeriggio, metteva un disco a basso volume – per lo più Lester Young – e apriva una bottiglia. E un'altra. Non leggeva, non andava su internet, non faceva null'altro. Per due volte si addormentò con il viso fra le braccia, ma i sonni non duravano comunque più di qualche ora.

Allora usciva all'aperto e si smarriva nelle periferie, lungo i viali deserti, trincerati da schiere di palazzi e cartelloni pubblicitari. Ogni notte aveva lo stesso profumo aspro, erboso. Superava una rotonda e proseguiva verso est in via Rubattino. Dalla foschia emergeva un parcheggio immenso, e il cartello digitale con le informazioni sulla viabilità. Poi un'altra rotonda, e di colpo sulla sinistra sorgeva il cavalcavia della tangenziale. Avanti ancora.

La sofferenza non diminuiva. Al contrario, si stava evolvendo. Ora ogni nuova forma di gioia sarebbe stata per sempre relativa, agganciata a un paragone – e dunque priva di quello stupore originario. Martina avrebbe pesato su di lui come una moneta coniata in tempi troppo antichi e radiosi per trovare un equivalente di cambio, e che può essere solo oggetto d'adorazione.

Dietro di lui la città scompariva. Era già scomparsa. E adesso eccolo nel mezzo di un prato, erba strappata in mano, nessuna idea di dove si trovasse: ma da lì poteva vedere con chiarezza il cielo rosso e grigio, la notte sporcata dalle luci. Un camion passò a tutta velocità lungo la strada, spazzandogli addosso polvere e gelo.

Alessio era passato attraverso la solitudine dell'adolescenza in quel posto dimenticato da dio, l'aggressività del padre, il fratello in prigione; era passato attraverso le infamie di vecchi amici, i lavori umilianti, la morte di una cugina cui era tanto legato; tutto il cumulo di problemi che non rivelava a nessuno per decenza o vergogna: e dunque perché ora non era in grado di riaversi?

Perché comprese questo – il vero punto della storia, come mi disse finalmente al Ritornello: si sopravvive a tanti inferni, e non a un solo paradiso.

16

Una sola medicina gli restava, quella di sempre: viaggiare. E dunque viaggiò.

Usò gran parte dei soldi che aveva da parte per effettuare una serie di brevissime spedizioni in Italia e in Europa. Così le chiamò al Ritornello: spedizioni. Cercava di stordirsi durante il giorno con il lavoro per fare altrettanto la sera con l'alcool, e infine partire nel weekend. Qualsiasi destinazione andava bene.

Nei suoi ricordi, quell'inverno si sbriciolava dunque in una serie di immagini: ostelli, scorci urbani, campi innevati visti da un treno al mattino, banchine d'autobus divorate dalla nebbia, sale d'attesa di aeroporti nel torpore sintetico del pomeriggio. Di ogni città dimenticava in fretta i particolari, come in una fuga sempre più frenetica per accumulare nuove sensazioni, alla ricerca di quella che l'avrebbe guarito.

A Genova, in un giorno senza nuvole, mangiò una farinata camminando nei caruggi. La luce spogliava il paesaggio della sua profondità. I rami degli alberi si muovevano appena, e il cielo aveva il colore del ghiaccio. Alla Maddalena le prostitute gli sorridevano e gli facevano cenno di fermarsi. Alessio non riuscì a resistere oltre. Al bar della stazione, mentre aspettava l'ultimo treno per Milano, vide un uomo con un bambino che urlava come un ossesso, quasi gorgogliando, come se il respiro fosse sul punto di mancargli. Si batteva i pugni sul petto, contando fino a dieci per calmarsi. Il padre sfogliava una rivista.

A Lione ebbe un brutto attacco d'ansia. Passò un intero pomeriggio sotto le coperte del letto dell'ostello. Quando uscì cambiò due metropolitane e scese a una delle ultime fermate della linea gialla, Hénon. Proseguì sul boulevard des Canuts perdendosi in un'anonima periferia di palazzi e villette. Le nuvole erano basse. Continuò costeggiando le auto parcheggiate.

Trovò un edificio che sembrava ancora in costruzione. Sentendo l'onda dell'ansia salire, accelerò il passo ed entrò. Salì le scale di corsa, nell'odore umido di calcinacci. Giunse sul tetto – anche quella porta era aperta – e guardò davanti a sé. Distante ma visibile, il centro di Lione splendeva nella giornata invernale.

A Ravenna cedette e telefonò a Martina. Aveva vagato per le vie del centro e poi preso un autobus che portava alla costa. Davanti all'Adriatico immobile e grigio, compose il numero. Lei rispose quasi subito. La voce era identica a come la ricordava. Parlarono per un minuto del più e del meno, poi Alessio le disse semplicemente che non riusciva a venirne a capo.

Dopo un lungo silenzio Martina gli rispose dicendo che doveva solo dimenticarla. Mentre la ascoltava, Alessio immaginò Michele guardarla con comprensione, mentre lei sbrigava anche quest'ultimo dovere. Percepì nel modo più distinto la sua solitudine davanti al mondo intero: la società aveva un nome e un galateo per le malattie, per i lutti, per le disgrazie lavorative: ma cosa poteva offrire a un uomo abbandonato, se non scherno e compassione? Una volta il Gorla gli aveva detto che un adulto che soffre per amore è la cosa più ridicola. La più ridicola e noiosa. Forse parlava di se stesso, ma era una verità universale.

«E poi sarebbe finita in ogni caso», concluse Martina.

«Perché? Come puoi saperlo?», protestò lui.

«Perché è la verità. Tutto finisce sempre. Non c'è nulla che duri». Fece una pausa, e aggiunse con dolcezza: «Neanche il dolore, Alessio».

Sul volo Ryanair per Dublino parlò con la vicina di posto, una donna di trentasei anni che andava a cercare fortuna in Irlanda, come tanti italiani all'epoca. Aveva perso il lavoro e sperava di infilarsi almeno in un call center. Le avevano detto che i call center delle banche e delle multinazionali pagavano bene.

Si separarono in aeroporto, ma Alessio avrebbe voluto averla di fianco a sé mentre vagava per la città. Dalle parti di Drumcondra vide l'insegna di una piccola rassegna cinematografica. Comprò un biglietto ed entrò nella sala.

Proiettavano una pellicola thailandese. Era la storia di un pescatore la cui famiglia veniva uccisa in un attentato; a un certo punto la vicenda virava verso l'horror. Alessio si addormentò. Quando le luci si riaccesero uscì fuori e scese verso il centro. Con suo enorme stupore, in Dorset Street Lower incrociò la donna dell'aeroporto. Lei sembrò contenta di ritrovarlo. Camminarono per i dintorni e poi si infilarono in un piccolo pub incassato fra due palazzi.

La donna parlò tutto il tempo cercando di bilanciare i suoi dubbi (il suo inglese non era granché, forse era stata troppo ottimista) con momenti di determinazione assoluta. Quando il gestore suonò la campana dell'ultimo giro, uscirono nella notte. Ecco una storia – erano entrambi perduti, ma potevano salvarsi insieme. Avrebbero affittato un appartamento fuori città e cucinato uova e bacon. Avrebbero ricominciato da capo. Alessio si sentì invaso dalla speranza.

«Sei sbronzo», disse lei guardandolo barcollare.

«Come?».

«Dio. Ma come ti sei ridotto?».

«Che dici? Sto benissimo».

Si appoggiò a un'inferriata, ma non sembrava sufficiente. Allora si sedette sul marciapiede.

«Forse è meglio che me ne vada», disse la donna.

Alessio alzò un braccio per salutarla. La vide allontanarsi fra le casette in mattoni rossi. Quando fu scomparsa, si accorse che non le aveva nemmeno chiesto il nome.

In treno, fermo tra Brescia e Bergamo per un guasto, sentì improvvisamente il bisogno di parlare con qualcuno, di raccontare la sua storia. Il vagone era deserto, a parte due tizi in giacca e cravatta che sonnecchiavano sugli ultimi sedili. Decise di non svegliarli. Si voltò: fuori vide un uomo che fumava immobile sotto la pioggia. Chissà chi era, e perché si trovava lì. Alessio ebbe l'impulso di abbassare il finestrino e chiamarlo. Soltanto quando il treno ripartì si accorse che era un palo con un cavo e una lampada arrotolati sopra, e il fumo uno sbuffo di vapore che saliva dalle rotaie.

Giunse nel centro di Amburgo all'ora di pranzo di un sabato. La città era vuota, sepolta dalla neve; ma sopra di lui splendeva un nitore metallico. Camminò senza direzione sul lungofiume. All'orizzonte i macchinari dei dock e le grandi navi si confondevano in un alone color polvere, da cui emergevano ogni tanto pilastri di luce fredda. Quindi sedette per un po' allo Schaarmarkt per riprendere fiato. In piedi sulle altalene, due ragazzi ondeggiavano con lentezza. La St. Michaelis Kirke suonò un rintocco.

Alessio proseguì nel vento tagliente verso St. Pauli. Comprò una piccola bottiglia di whisky in un *kiosk* e la mise con cura nella borsa. Gironzolò per il quartiere. C'erano case occupate con sagome e disegni alle finestre, manifesti di concerti punk ovunque, incollati uno sopra l'altro, e graffiti che si stendevano da muro a muro. Faceva un freddo insostenibile.

Tornando verso il centro, un piccolo bar attirò la sua attenzione. Spiò l'interno: tre tavoli di legno e pochi avventori, tutti anziani. Entrò. Ai lati e lungo le pareti c'erano pendole e orologi di ogni sorta – e tutti segnavano un'ora diversa.

«*Eine Grosse Bier*», mormorò al bancone, sapendo che aveva sbagliato qualcosa, ma sicuro di farsi capire. Non comprese la risposta, poi intuì: il barista gli stava domandando quale marca preferisse. Scelse la Holsten e sedette al tavolo centrale. Gli anziani non lo degnarono di uno sguardo, e una strana consolazione si impadronì di lui. Gli orologi sfasati, il silenzio, l'albero spoglio chino davanti alla vetrata. Avrebbe voluto fermarsi lì per sempre.

Continuò a bere in silenzio, facendo finta di prendere appunti su un taccuino. Ogni tanto una pendola suonava. Più passavano i minuti e più sentiva crescere l'ansia. L'incantesimo finiva sempre in fretta. Cominciarono i respiri veloci, le palpitazioni. Ordinò una seconda birra, ma la lasciò a metà e corse fuori. Camminò fino al Binnenalster. Il lago era ghiacciato e invaso da chioschi di cibo e persone che pattinavano tenendosi per mano. Alessio sedette su una panchina, aggiustò il cappuccio del k-way ed estrasse la bottiglia di whisky dalla borsa. Il primo sorso gli diede un brivido di felicità inattesa.

Da quella panchina immaginò di scrutare l'intero continente con le sue ferite, i suoi quartieri poveri, i suoi party, le sue foreste, le sue piazze, i suoi sobborghi, i suoi cimiteri, le sue fabbriche, le sue cattedrali, i suoi ragazzi in fuga: maledetta Europa, a quale illusione ci hai consegnati. Credevamo di poter ricevere la conoscenza e l'amore, e tu ci hai tolto entrambi.

E così via, e così via: e ogni volta tornava a Milano e nel tragitto dalla Stazione Centrale o dall'aeroporto di Linate a casa il pensiero dell'abbandono si acuiva e lo catturava di nuovo.

Poi fu illuminato da un'idea. Gli era rimasto un ultimo luogo dove andare.

17

Quando si trattava di riflettere sulle nostre mancanze interiori, Praga era una città perfetta: la sua bellezza era tanto severa e luminosa da costringerti a valutare con calma la tua miseria: invece di ispirare contemplazione, lasciavamo che provocasse in noi una sorta di vergogna. Lo splendore era un dito puntato sulle nostre colpe.

Da un punto di vista più pratico, ruotavamo attorno a Praga perché lì viveva una nostra amica comune, Laura. Era perfettamente bilingue – la madre veniva dalla campagna ceca ed era emigrata in Italia da ragazza, una storia complicata di cui nessuno capì mai i dettagli – e in Boemia aveva intrapreso una carriera come ingegnere chimico in una multinazionale.

Tutti erano stati a Praga da lei, in un modo o nell'altro, per un motivo o per l'altro. Prendevamo quella città come un luogo capace di mettere chiarezza. Certo andavamo anche ad ascoltare rock al Café Lucerna e tiravamo l'alba a bere negli *herna* sotterranei del centro e della prima periferia sovietica; restavamo affascinati dai lavori di Kubišta; giravamo per i negozi di bambole e le antiche librerie. Ma Praga aveva sempre questi vuoti improvvisi, questi momenti di isolamento e lucidità, di sguardo sopra il vuoto che ci corrompeva.

E quando atterrò all'aeroporto Václav Havel alla metà di marzo, Alessio pensò che l'aveva inconsciamente evitata proprio a causa di ciò: per tutti noi, era una sorta di ultimo rimedio.

La città era sbiancata da una neve recente ma già indurita. Laura aveva fissato l'appuntamento in tarda mattinata alla birreria U Zlaté Konvice. In anticipo come sempre, Alessio sedette al margine di un tavolo già occupato da cinque persone, e ordinò una Pilsner Urquell e un bicchierino di *slivovice*. Gli odori della cucina gli ricordarono che non mangiava da più di un giorno. Capitava sempre più spesso, ormai.

Buttò giù la *slivovice* e soffocò il piccolo conato che ne seguì con un sorso di birra. Per ingannare il tempo, prese uno dei quotidiani appesi al suo fianco. Il bordo era tenuto fermo da un'asta di legno. Non poteva leggere, ma poteva almeno guardare le foto. Si accorse che tutte ritraevano delle donne nude. Era un quotidiano erotico?

In quel momento arrivò Laura: era più carina del solito, truccata con precisione, nervosa nel tailleur grigio, i capelli biondi e ricci legati in una lunga coda. Abbracciò Alessio e poi gli disse: «Non rimarremo qui».

«Perché?».

«Non ho voglia di assecondarti e passare la giornata in birreria».

«Ma...».
«Alzati. Andiamo a Vyšehrad».
«E cos'è? Non mi ci hai mai portato».
«Ora vedrai. Paga e andiamo».
Uscirono e camminarono per qualche minuto in direzione della Moldava. Da lì presero un tram che arrancava sul lungofiume in una luce dorata. Nel frattempo Alessio le raccontò la sua storia. Lei lo interruppe diverse volte – un vizio di cui tutti ridevamo: era impossibile finire più di tre frasi al suo cospetto – e diverse volte chiese precisazioni, per poi interromperlo ancora. Scesi dal tram risalirono in silenzio una strada che li portò sul bordo di un colle. Apparvero delle mura, quindi un vasto spiazzo erboso, alberi rinsecchiti, e qualche casetta dai tetti spioventi.
«Vyšehrad era una fortezza medievale», disse Laura. «Alcune leggende dicono che Praga sia stata fondata proprio qui».
Sulla cima del colle c'era un bar. Entrarono. Li investì il solito forte odore di carne cucinata a lungo e fumo di sigaretta. Laura ordinò pane e formaggio e due bottiglie d'acqua.
«Come ti ho detto, non berremo», disse.
«Va bene».
«Mangia il panino. Sei magro».
Alessio obbedì.
«Non ho alcuna intenzione di dirti quanto sei idiota», proseguì lei guardandolo masticare. «Lo sai già».
«Se stai cercando di aiutarmi, non è il modo giusto».

«Non sto cercando di aiutarti. Voglio solo farti capire che non sei un adolescente, né un musicista che trarrà da tutto questo un disco indimenticabile».

«Quindi se uno soffre così tanto e non è un artista, allora è un idiota?».

«Nel modo in cui stai soffrendo tu? Per quanto è accaduto? Sì».

«E perché?».

«Perché non è naturale. Nel senso preciso del termine». Tossì. «La natura difende la natura e la vita difende la vita. E di certo non hai la forza di ammazzarti». Tossì di nuovo e si soffiò il naso. «Devi ritrovare il senso delle proporzioni, Alessio. Se questa è la tua reazione a un abbandono, un padre a cui muore il figlio di leucemia cosa dovrebbe fare?».

«Che razza di discorso. Fare paragoni del genere è insensato».

Laura ridacchiò: «Voi uomini siete ridicoli. Anche il meno becero fra tutti, anche uno come te, non riesce a scendere a patti con l'idea di perdere una donna».

Alessio non disse nulla. Voleva protestare: non era quel genere di uomo. Non avrebbe mai reclamato alcun diritto di possesso verso Martina – la sola idea lo atterriva. Era semplicemente schiantato da un dolore incomprensibile a chiunque. Nemmeno quello era lecito?

«Forse dovresti scopare in fretta con qualcuna», sospirò infine Laura, versandosi dell'acqua.

«Cosa?».

«Non sto scherzando. Ora ti sembra che questa sofferenza sia grande e perfetta, ma difficilmente reggerà l'impatto di qualche scopata. Fidati».

Alessio tacque ancora. Era il genere di conclusione che si sarebbe aspettato da Laura; cominciò a pentirsi di quel viaggio. Rimasero entrambi in silenzio per qualche minuto. Un cameriere chiese loro qualcosa, Laura scosse la testa.

«In realtà ti capisco», disse poi. «Pensare che un unico evento abbia un'importanza cruciale per la tua vita, e ti levi ogni responsabilità. È un'ottima scusa. Ma non ci si può arrendere a ciò che accade. Bisogna imparare a scavalcare la propria ombra», aggiunse.

«Non sono d'accordo, ma è una bella frase».

«È di Hitler».

Alessio scoppiò a ridere. Era molto tempo che non rideva.

«E comunque ho una teoria su quanto ti è successo», continuò lei.

«Tu hai una teoria su tutto. Umorismo nero e teorie».

«Già. La vuoi sentire?».

«Avanti».

«Non ti piacerà», disse. «Non ti piacerà proprio per nulla».

«Avanti. Arrivati a questo punto, di cosa posso aver paura?».

«Dunque. Secondo me ogni essere umano ha un gesto crudele a disposizione. Una specie di bonus di cattiveria lecita e gratuita. E ognuno prima o poi si gioca questa carta: chi lo fa da bambino, chi a settant'anni, chi a trenta... Ma lo fanno tutti, senza eccezione».

«E perché?».

«Perché vivere fa schifo. E se almeno una volta non ti vendichi del fatto di essere vivo, esci di testa. Persino Gesù ha fatto seccare un fico senza motivo. Com'era? Gesù e i discepoli si svegliano e tornano in città. Lungo la strada, affamati, ecco un fico. Lui si avvicina ma trova solo foglie, nessun frutto. Quindi si arrabbia, lo maledice, e l'albero diventa un mucchio di rami rinsecchiti. Perché avrebbe dovuto farlo?».

«Immagino sia una metafora».

«Non è una metafora di niente. Non ci sono metafore in quei cazzo di Vangeli. L'ha fatto perché era umano. I cristiani sono troppo scemi per vederlo, ma è qui che si spiega l'incarnazione. Non con la morte in croce. Con una cattiveria gratuita».

«Be', è una tesi interessante. Ma non capisco come...».

«Non capisci? Eh, lo credo. Non è facile da mandare giù». Laura aveva finito il panino. Alessio voleva almeno un'altra *slivovice*, ma non osò ordinarla. «Il punto è che Martina ha giocato la sua carta con te».

Lui fece un lungo respiro e si guardò intorno. Il bar era pieno. La tesi di Laura sembrava quasi consolatoria, quando all'improvviso vide apparire un corollario mostruoso, che ancora non riusciva a mettere a fuoco.

«Aspetta un attimo», cominciò, ma Laura lo aveva già anticipato.

«Sì, c'è la cattiva notizia in regalo», sospirò. «Il male che Martina ti ha fatto era il male che doveva fare. Si è liberata del fardello. Ora sarà esattamente la persona che credevi che fosse, senza più ombre o necessità di ferire. Forse sposerà il tizio con cui sta o forse no, ma di certo non gli farà il male che ha fatto a te».

Alessio non rispose. Dopo qualche istante Laura si alzò, lo abbracciò e gli diede un bacio sulla fronte.

«Scusa, ho davvero esagerato», disse.

«Non importa».

«Era una sciocchezza. Dimenticala».

«Non importa», disse ancora Alessio.

«Cercavo solo di scuoterti, capisci? Mi fa rabbia vederti così. Ma devi venirne a capo da solo. Anche a costo di bere tutta la merda che c'è da bere. Comprese le mie teorie idiote». Sorrise con tenerezza. «Devi pensarti come se avessi preso una malattia. Quindi datti tempo, tutto il tempo che ti serve – ma guarisci. L'amore non accade una volta sola».

Contro ogni logica, Alessio si sentì rincuorato: in effetti, che ne sapeva lui di quelle cose? Fino a poco tempo prima era stato il più inesperto fra gli uomini. Lasciò cadere la testa fra le braccia della sua amica.

«L'amore è sempre possibile. Devi credermi».

«Ti credo».

Quando tornò in ostello – aveva preferito non restare da Laura per la notte – cominciò a cadere una pioggia sottile. L'ingresso profumava di cedro. Nei bagni comuni, tre ragazzi americani ridevano a voce alta, parlandosi da una cabina doccia all'altra. Alessio cercò riparo fra le coperte, ma gli americani continuarono a fare festa nella camerata finché uno dei proprietari non arrivò a reclamare; seguì una lunga baruffa, e poi un silenzio ancora più terribile, carico di rancore. Solo allora Alessio si addormentò.

Il giorno successivo, prima di andare all'aeroporto, sentì della musica provenire da una finestra. Una frase di chitarra si muoveva come un pesce sopra il fondale scuro di basso e batteria: una frase lenta, poche note infilate senza voce. Si fermò ad ascoltare. Con suo stupore, dopo qualche incertezza e ricamo divenne il tema principale di *Embraceable You*. Uno degli standard che più gli piacevano, e che spesso aveva ascoltato in compagnia di Martina.

Bastarono quelle poche note a schiantarlo, e a illuminarlo insieme. Si accorse che fino a quel momento non aveva capito nulla di quanto gli fosse successo. Ma ora, infine, comprese: non aveva perso l'amore. Quello era sempre possibile, come gli aveva detto Laura. Aveva perso unicamente lei, un semplice essere umano – e questo era mille volte peggio.

18

Un'ultima immagine.

Martina è in piedi contro una parete. Guarda in camera con le sopracciglia lievemente inarcate, un'espressione delusa più che sorpresa dallo scatto. Le braccia sono stese lungo il corpo. Benché sia in un appartamento indossa un cappotto dal bavero sbottonato. Il colore della pelle, per quel che si può intuire, è ancora più pallido del solito: e poco sopra il volto, appeso alla parete, ecco il dettaglio di un cantante sconosciuto, uno degli autori di quelle ballate senza speranza che tanto le piacevano (forse Elliot Smith, o Jason Molina, o Mark Kozelek). La bocca di un uomo che sembra quasi sussurrare: *Vuoi davvero vivere la vita che canto?*

La fotografia è l'unica arte che dipende per intero dalla realtà. La musica, la letteratura o la pittura hanno margini diversi, più o meno ampi, di autonomia: a loro il mondo non serve, possono crearne uno nuovo quando gli pare. Non così per le immagini; il che rende il mio mestiere particolarmente complesso. Il pubblico ci chiede verità – cosa c'è di più esatto dell'immagine prodotta da un apparecchio? – e ciò che restituiamo è sempre e solo un oggetto imbastardito, l'illusione del controllo.

Più ripenso alla storia di Alessio e Martina, e più mi è chiaro. Non serve nemmeno aver letto Roland Barthes o Susan Sontag per capirlo. Tutto quel che occorre è un minimo di onestà. Mai come in questa epoca, dove la fotografia è moltiplicata e onnipresente, essa mostra il suo carattere disperato. La facilità di riprodurre il reale lo svilisce al punto da renderlo irriconoscibile, una volta spezzato l'incantesimo.

Ogni scatto vorrebbe mettere un istante al riparo dal tempo che scorre: o almeno fornire la consolazione del dato nudo e crudo. E se invece fosse il contrario? Se ci sospingesse soltanto più al largo? Forse le immagini non svelano nulla: proprio come nulla veniva svelato ad Alessio mentre riguardava ansiosamente le loro foto, alla ricerca di un messaggio che avrebbe dovuto metterlo all'erta. Ma i due visi felici di un tempo stridevano solo come un equivoco. Erano lì di fronte a lui, eppure era come se non fossero mai esistiti.

19

Di ritorno in Italia fece un paio di prove con il suo gruppo, ma ormai faceva fatica anche nei pezzi più semplici. Giulio gli disse apertamente che era meglio lasciar perdere, se non voleva più esercitarsi; e persino la batterista (in genere disinteressata alla sorte della band) si trovò d'accordo con lui. Il Gorla si limitò ad allargare le braccia.

Nel frattempo, nonostante per carattere detestasse i consigli altrui, gli capitò l'occasione per mettere in pratica quello di Laura. Quasi per caso cominciò una breve relazione con una giornalista toscana, Eleonora. Era un'ex collega di Roberta che da un anno a quella parte era stata assunta alla redazione milanese di «Repubblica»; aveva conosciuto Alessio a una festa l'estate precedente, e confidato all'amica che quel ragazzo le piaceva.

«Se sei interessato, è una che ama le avventure», gli aveva detto Roberta. «Mi ha detto di lasciarti il suo indirizzo e-mail». Ma Alessio non era molto interessato – e di lì a poco avrebbe conosciuto Martina. Ora però le cose erano diverse. Le scrisse una sera, completamente sbronzo, dicendole che di recente aveva pensato a lei; potevano incontrarsi da qualche parte, magari in settimana?

Eleonora gli rispose quasi subito. Si scrissero per due giorni, e già dopo qualche ora lei era passata a mettere in allegato alle e-mail delle sue foto; niente di erotico, niente nudi, ma mentre le guardava Alessio ebbe un'erezione. Quasi se ne vergognò, ma decise di verificare se qualcosa stesse cambiando. Accettò l'invito in una pizzeria vicino a casa di lei, poco distante da piazzale Lotto.

Eleonora parlò per tutto il tempo del suo lavoro, mostrandogli alcuni scatti che aveva con sé nella cartelletta. Erano parte di un reportage sulle periferie della città cui stava lavorando con un fotografo. Contro ogni previsione, Alessio non si annoiò affatto. («Le foto erano molto belle», mi disse al Ritornello: «ti sarebbero piaciute. Quarto Oggiaro, il Gratosoglio... Erano efficaci. Diritte al punto»).

Si salutarono senza che nessuno dei due facesse un gesto per avvicinarsi all'altro. Si rividero altre due volte, sempre nella stessa pizzeria: la seconda Alessio fuggì dopo meno di venti minuti con una scusa, mentre la terza le cose andarono bene. Fuori camminarono per qualche isolato in quella zona residenziale e vuota, quindi lei lo spinse contro un muro e lo baciò come se fosse la cosa più ovvia – e in effetti lo era: erano entrambi single, si intuiva che c'era dell'attrazione, perché farsi problemi?

Finirono a letto. Alessio era terrorizzato, ma il sesso fu formidabile. Eleonora partì senza mezzi termini con un sessantanove, e poi gli chiese di prenderla in piedi mentre si teneva appoggiata all'armadio, aggiustando il bacino ogni tre o quattro colpi per godere meglio. E parlava. Parlava di continuo, a voce bassa: «Dai, dai, ti prego, ancora, dai... Ti piace? Eh? Ti piace? A me un sacco. Cristo! Ora più piano... Vai prima piano e poi forte, okay? Così. *Ecco*. Ti piace?».

Finirono per rimirarsi, nudi, a debita distanza sul vasto letto matrimoniale. Lei ogni tanto alzava una gamba per guardarla; sorrideva ad Alessio, controllava il cellulare, si copriva un po' di più con il lenzuolo. Alessio fu assalito dall'angoscia. Il bilocale di Eleonora – piccolo ma di buon gusto, con una finestra che guardava sui palazzi popolari accanto – lo opprimeva. Si alzò per bere un bicchiere d'acqua, rimise le mutande, andò in bagno a lavarsi, e tornò in camera. Quindi disse che doveva assolutamente tornare a casa.

Passò il viaggio del rientro in metropolitana in compagnia di foschi pensieri. Eleonora era molto diversa da Martina. Era più alta, con due grossi seni colmi, i capelli neri tagliati corti e un piccolo neo sotto l'occhio destro. Era questo il corpo a cui ora avvicinare il suo, senza timore, per rinascere?

Come scoprì Alessio accettando di rivederla un'altra volta e poi un'altra ancora e ancora, Eleonora era davvero una ragazza notevole. A differenza di Martina aveva dovuto guadagnarsi da vivere fin da adolescente, perché suo padre era morto in un incidente stradale e la madre casalinga non aveva mai trovato un impiego.

Era emersa dalle difficoltà in solitudine, e ora mostrava la propria vita con orgoglio. Era diventata giornalista senza avere santi in paradiso, leggeva gialli americani e andava a letto con chi le pareva.

Ma tutta quella fame, tutto quel desiderio – c'era qualcosa che impauriva Alessio. Il modo in cui lo guardava gli ricordava vagamente la devozione iniziale che aveva provato per Martina. «Se solo sapessi l'effetto che mi fai», gli ripeteva di continuo.

Alessio si sentiva sdoppiato. Durante il tempo del sesso gli pareva di non aver provato mai un piacere simile. Era qualcosa di eccessivo, perfino. Ma non appena il potere della scopata si disperdeva, precipitava in uno stato ancora più tragico del solito. Le volte in cui rimase a dormire lì si svegliava sempre dopo poche ore, in piena notte, le tre o le quattro, mentre lei continuava a dormire senza accorgersi di nulla: si rifugiava in un angolo del letto, incapace anche solo di allungare una mano verso il corpo bianchissimo, liscio e morbido che gli giaceva al fianco; incapace persino di alzarsi, vestirsi e fuggire, rimaneva lì, accoccolato in attesa del mattino.

Questi erano i momenti peggiori. I momenti migliori – i momenti in cui si sentiva di nuovo se stesso, lucido e implacabile – erano quelli in cui si lavava nel bagno di Eleonora. Nudo, ancora tremolante dopo l'orgasmo, si fissava nello specchio e provava una rabbia intensa per quella situazione: per la farsa che stava vivendo, per la ragazza che lo aspettava fra le coperte guardando il soffitto, e più di tutto per l'individuo patetico in cui si stava trasformando – lo stesso che di lì a poco se ne sarebbe andato con una scusa e avrebbe ripreso a pensare al suo ideale perduto. Era intollerabile. Eppure, mentre si asciugava il pene a mezz'asta con un ritaglio di carta igienica, gli appariva anche inevitabile.

Perché del resto era così bello godere di nuovo, sentirsi restituito alla vita. Aveva anche cominciato a bere un po' meno del solito. E che importava se Eleonora lo teneva stretto un minuto di più ogni volta, se si permetteva di scrivergli al mattino presto, se addirittura ammetteva che le mancava? Quelli erano affari suoi, e Alessio era stato chiaro fin dall'inizio: poteva offrirle solo ciò che lei stessa chiedeva esplicitamente.

Le cose si fecero chiare una sera, dopo venti giorni di sesso quasi ininterrotto e cene a base di cibo indiano d'asporto o pizza d'asporto o riso alla cantonese d'asporto, sempre rigorosamente da lei.

Alessio si infilò in un bar in cui non era mai stato, vicino al Parco Sempione. La piccola sala era immersa nel caos. Vecchi ubriachi si abbracciavano ridendo. Una ragazza continuava a battere con frenesia i tasti della slot machine. In un angolo, due signori in giacca e cravatta fumavano liberamente. Alessio si avvicinò al bancone.

«Benvenuto!», sbraitò la barista. «Oggi si beve gratis. Vuoi bere gratis anche tu?».

«Come mai?», chiese Alessio.

«Mi hanno trovato un male brutto. Brutto davvero».

«Oh».

«E dunque mi sono detta, vaffanculo a tutto. No?».

«Assolutamente».

«Questo posto non andrà in malora per una notte di baldoria. Poi ci penserà mia figlia. Vero?».

La ragazza alla slot machine si voltò e sorrise.

«Quindi, ragazzo. Cosa ti servo?».

Alessio rimase lì fino a tarda notte. Quando uscì fu assalito da un'angoscia talmente primordiale che si convinse di avere bisogno di aiuto. Chiamò Eleonora e la implorò di venire a salvarlo. Le diede l'indirizzo. Dopo dieci minuti lei arrivò in taxi e lo portò a casa sua. Lo cacciò sotto la doccia e gli servì una spremuta d'arancia con una tachipirina al fianco.

«Ora dormi tranquillo», disse fissandolo negli occhi con infinita tenerezza. «Ci penso io a te».

In quel momento Alessio comprese davvero i termini di quella relazione, e cosa significava esercitare del potere su un altro essere umano. Si stupì del piacere osceno che gli dava. E infine si vide per ciò che era.

Così, la mattina seguente – dopo un ultimo delizioso orgasmo – si disse che era suo dovere, suo *dovere morale* darci un taglio.

Uscirono a fare colazione e le parlò. Disse che c'era un chiaro squilibrio di sentimenti fra loro due, e che dunque dovevano finirla lì. Eleonora espresse tutte le sue idee ragionevoli; ribadì che potevano continuare a vedersi, e che lei non si aspettava nulla. Poi Alessio fece una cosa di cui si sarebbe vergognato per sempre.

Non c'era una sola ragione al mondo, ma scoppiò a ridere. Le rise proprio in faccia.

«Ma che hai?», disse lei sconvolta.

«Niente!», disse Alessio. «Niente».

Per la prima volta il viso di Eleonora si incrinò. Per la prima volta forse comprese quanto era distante il ragazzo che le stava davanti, e in che modo avesse obbedito alle sue richieste – proprio come aveva detto, del resto – senza voler farsi carico d'altro. Ma difficilmente si sarebbe aspettata qualcosa del genere.

Alessio sapeva di essere il solo colpevole, ma non riusciva a smettere di ridere. Eleonora distolse lo sguardo e se ne andò.

20

Passò qualche tempo. Più si domandava perché non riuscisse a guarire, più il ricordo di Martina si amplificava, riacquistava tono e precisione. Non si trattava solo della mancanza: era ancora il suo amore, mutato come una cellula cancerogena, a prosperare e gonfiarsi, inquinando ogni possibilità di salvezza.

L'alcool tornò a essere rapidamente la sua unica abitudine, e stavolta era determinato a fare sul serio. Bastarono poche settimane per stabilire una routine rigorosa, dalle diciotto e trenta all'una durante la settimana e quasi tutto il giorno nei weekend. L'importante era alzarsi per andare in ufficio, e che importava se a volte si sentisse così male da doversi chiudere in bagno? Era sempre stato un impiegato devoto: un momento di crisi era tollerabile.

Al Ritornello mi spiegò che lui stesso era rimasto sorpreso di quanto fosse semplice bere. Di come anche una persona accorta potesse diventarne schiava in poco tempo. Che droga infida. La peggiore di tutte, come del resto gli aveva sempre detto Luca: nulla gioca sporco come l'alcool.

Cominci con un bicchiere di troppo a cena e finisci lì dove tutti finiscono – a comprare cinque o sei birre in una pizzeria d'asporto, dopo aver trascorso ore nei bar, a un tavolo dal panno macchiato, circondato da slavi che giocano alle slot machine e cinquantenni obesi in tuta, chini sopra le pagine del «Corriere»: finisci a a bere lo stesso vino scadente che bevono al mattino i pensionati, mentre fumano una sigaretta dietro l'altra seduti sulla panca davanti alle vetrate, un cagnolino al guinzaglio o semplicemente intenti a guardare le auto in coda sulla circonvallazione, nello smog e nel freddo di fine inverno; e finisci a berlo pure tu prima di andare in ufficio: un giorno, per ridere o per sperimentare la cura del chiodo-scaccia-chiodo con i postumi. E per poi farne una nuova abitudine.

Bere. Bere. Alessio si smarriva ubriaco oltre il suo quartiere, percorrendo i viali signorili di Città Studi: piazza Leonardo da Vinci, l'Istituto Neurologico, gli studenti che sciamavano verso casa, e che ci fa quel ragazzo che ride immobile sulle strisce pedonali, bloccando il traffico? È matto? Ma poco oltre ecco gli spiazzi avvolti nella foschia, altalene scrostate e cani che annusano cespugli – e il gelo di certe vie vuote attorno a quel quadrante urbano, appena dopo l'orario di lavoro, via Alfonso Corti, via Ponzio, via Grossich, via Mangiagalli, piazzale Gorini: gli alberi smunti e i lampioni come gocce che cadevano ad una ad una nella grigia sera impiegatizia, nella grigia sera milanese: quella solitudine che a tutti pur toccava, quella tosse rognosa (e le pastiglie miele e menta del farmacista non servivano a nulla), quel costante senso d'ammanco, dare e avere mai in pari, quanta bile – e così tornare indietro sotto la volta cinerina del cielo, mentre il mondo invecchiava.

Bere. Bere. Le sfilze di birre in offerta al supermercato. I negroni carichi di gin. Il modo in cui un alcolico alterava l'effetto dell'altro: il vino dopo il whisky, il whisky dopo il vino, mezza bottiglia di grappa dopo una lunga bevuta di amaro Averna corretto al succo d'arancia. Le combinazioni erano senza fine.

Una notte credette distintamente di morire. Un sudore gelido lo aveva ricoperto dai capelli ai piedi, e tremava immobile nel letto. Provò a respirare, ma con terrore si accorse che ben poca aria era scesa nei polmoni. Il cuore batteva all'impazzata. L'ennesima crisi d'ansia, ma con qualcosa di peggio: sì, stavolta ne era certo – era la fine. Si addormentò dopo lunghissimi minuti, e la mattina dopo aprì gli occhi con un senso di sorpresa.

Nel frattempo cominciò a fare uso di Xanax. L'insonnia e le crisi si erano fatte intollerabili, e Alessio aveva convinto Marco – che proprio in quel periodo era stato assunto come medico di reparto al San Raffaele – a prescrivergli qualcosa.

Marco non era mai stato particolarmente responsabile, da questo punto di vista. «Non sono uno psichiatra», si limitò a dire. «E non dovrei farlo. Ma giusto perché sei tu. Prendine una al giorno, e ti prego – non prenderlo mentre bevi. D'accordo?».

Fu esattamente ciò che fece Alessio. E non solo: fin da subito era riuscito a procurarsi molte più confezioni di quante gliene avesse prescritte Marco, girando per dieci farmacie diverse. Il metodo venne stabilito in fretta: birra e whisky a basso costo associati a una dose variabile di Xanax. L'alcool per certi versi non era più sufficiente, ma Alessio – forse anche a causa del destino di suo fratello – era terrorizzato dalle droghe pesanti. Le benzodiazepine erano un buon surrogato. Con due pastiglie poteva addormentarsi senza problemi: con una, gestire il pomeriggio in modo ragionevole: e più di tutto, davano alle sbronze una tonalità nuova, morbidissima.

Era consolante tornare a casa dopo una giornata passata a perdere tempo in ufficio e sapere di avere di fronte a sé ore e ore da trascorrere in un mare d'alcool sempre disponibile. E nulla importava se i risvegli fossero sempre più atroci, gli incubi sempre più numerosi e bizzarri – sognava Martina al tavolo di un caffè a Napoli; sognava la madre impiccata in un bosco; sognava gli amici che lo invitavano a una cena subacquea, da qualche parte nell'oceano Atlantico; sognava vastissime città orientali, steppe dove sorgono fiori dallo stelo nero e dai petali verdi, frammenti dei suoi viaggi rimontati a caso – nulla di tutto ciò importava, finché poteva bere. E poi sentirsi in colpa per qualche ora. E quindi ricominciare.

21

Giunse la primavera. I tram disegnavano reticoli nella sua città, caracollando sui binari. Ogni tanto Alessio faceva avanti e indietro lungo le loro tratte, da una periferia all'altra: il 2 tagliava il centro verso sud-ovest, costeggiando il Naviglio, il 5 si spegneva all'Ortica, il 7 continuava su dritto fino al deposito di Precotto. Lui cambiava linea, scendeva, entrava in un bar e risaliva.

Una sera fredda, in un campo della Bovisasca, vide un gruppo di rom scaldarsi davanti a un fuoco di rifiuti. Il più vecchio era sdraiato su un materassino e si carezzava beato la pancia gonfia. Al Lorenteggio passò un'intera mezz'ora a osservare i panni stesi alle finestre delle case popolari: si contorcevano nel vento improvviso di quel sabato pomeriggio, azzurri e rossi, bianchi e rosa. Due ragazzini passarono pedalando sulla ruota posteriore, a velocità ridotta, e gli urlarono qualcosa contro. Alessio si voltò.

«Sveglia, ciccio!», rise uno dei due.

Un giorno di fine aprile, scendendo da uno di questi tram, decise di chiamare il vecchio Gorla. Ormai usciva di casa solo per andare a lavoro e per le sue bevute itineranti e silenziose: ma ogni tanto aveva ancora bisogno di parlare con qualcuno. E sapeva che il Gorla non l'avrebbe rimproverato come avrebbero fatto i suoi amici.

Si trovarono in fondo a via Argelati, dietro il Naviglio Grande. Il Gorla lo portò in un bar con un lungo bancone in legno e delle vecchie fotografie di Milano alle pareti. Alessio fu colpito da due immagini in particolare: una ritraeva un gruppo di mucche esposte in qualche piazza con una coccarda sulla coda; l'altra, dei funerali partigiani: una fitta processione di persone in nero che seguiva un carro, lungo il muro di una fabbrica, forse a Dergano o ad Affori.

Dietro la cassa, il proprietario del bar sfregava un gratta e vinci via l'altro; il Gorla disse ad Alessio che era una sua mania – perché venderli, se poteva diventarci ricco? Alessio ordinò un amaro, andò in bagno a staccare una compressa di Xanax dal blister che portava sempre con sé, poi tornò nella sala.

«E quindi hai smesso con la tromba», borbottò il Gorla.

«Già».

«Be', è un peccato».

«Non ho mica tutto questo talento».

«Io dico che è un peccato comunque».

«Le conseguenze degli amori infelici», disse Alessio senza enfasi. «Ma del resto, come dicevi tu, un adulto che soffre...».

«La cosa più ridicola del mondo. Somma verità».

Alessio attese una domanda per lamentarsi un po',

ma il vecchio non disse nulla. Ordinarono un altro giro di amari.

«A proposito. Ti ho mai parlato del Coppedè?». Il Gorla stava litigando con la cordicella degli occhiali.

«Non mi pare».

«Era un mio vecchio amico con cui poi ho inciso un disco. Un bravo sassofonista. Poi gli è successa una cosa come la tua, si è perso dietro a una donna. È impazzito, quasi. Ha persino pubblicato un album che si chiamava come lei».

«E come si chiamava?».

«Lidia».

«Un bel nome».

«Vuoi sentirlo?». Si rivolse al barista: «Glielo facciamo sentire, Arturo?».

«Che cosa?», disse lui alzando gli occhi dal gratta e vinci.

«Quel disco del Coppedè. *Lidia*».

«Se ti va».

Il barista si alzò e mise un vinile sul piatto di un giradischi abbandonato in un angolo. Come aveva fatto Alessio a non notarlo? La musica cominciò: non era niente di speciale, delle ballate un po' melense. Ascoltarono un paio di brani, poi il Gorla tolse il disco e lo rimise nella custodia.

«Pensavo meglio», disse Alessio. «Lui ha un suono nitido, ma francamente non è granché».

«Sì, era più bravo all'inizio, prima di tutta questa storia. Teneva il sassofono sempre chino e non apriva mai gli occhi. Aveva qualcosa di Lester Young, devi credermi. Poi la cosa con Lidia l'ha schiantato. Per quello volevo fartelo sentire».

Alessio annuì.

«Come vi siete conosciuti?», chiese poi.

«Oh, la solita storia. Volevamo fare la bohème, sai. Io avevo ventun anni e vivevo da mia nonna, qui in via Gola. Passavo tutto il giorno al pianoforte. Me l'ero comprato usato, con l'eredità di mio padre. La vicina di casa mi batteva i pugni contro il muro e io la mandavo affanculo. Picchiavo giù sui tasti come se stessi scannando un maiale, come mio zio Renato quando ammazzava le bestie. Non trovavo lavoro – non volevo trovarlo – e cercavo di non spendere una lira. Mangiavo polenta pucciata nel latte e basta». Il Gorla sospirò. «Poi un giorno incontro questo tipo un po' più grande di me, che vuole mettere su un quintetto. Faceva l'architetto. Da ragazzo gli erano venuti i capelli bianchi di colpo quando la sorella era morta sotto un tram. E parlava di continuo, senza mai fermarsi. Era un po' matto, il Coppedè. Ma ci sapeva fare».

«Suoni il piano anche in questo disco? Non mi sembra il tuo stile».

«Non credo di avere uno stile», rise il vecchio. «Ma comunque no, hai ragione. Non sono io, è un tizio di Novate che adesso è in casa di riposo. Povero cristo. Poveri cristi tutti».

«E poi cos'è successo?», chiese Alessio.

«A chi?».

«Al Coppedè e a Lidia».

«Ah, niente. Ha smesso anche lui di suonare, ma dopo qualche tempo si è trovato un'altra e si è sposato. Ha un figlio più grande di te, che vive all'estero. L'ho rivisto un paio d'anni fa, ora non saprei».

Alessio si incupì.

«Devo vederci una lezione?», disse.

«No, ma quale lezione».

«Perché mi sembra che siano tutti pronti a darmi lezioni, negli ultimi tempi».

«Guarda, io sono la persona meno adatta di tutte. Come diceva il mio amico Lucio Radaelli, poeta e vagabondo, "essere felice è un motivo sufficiente per essere triste". Le cose belle non durano. Non c'è scampo. Le malattie e le cattiverie hanno sempre ragione su tutto».

«Quanto è vero».

Il Gorla sorrise: «Ma Lucio diceva anche: "ama comunque: perché ribelle a ogni legge è l'amore". Ci facciamo un altro goccio?».

Bevvero pacificamente fino a ora di cena, e oltre. Il Gorla non sembrava avere intenzione di tornare dalla moglie; chissà com'era andato a finire il suo matrimonio, chissà se aveva qualche notizia un po' triste con cui Alessio poteva consolarsi. Ma non gli chiese nulla. Si limitarono a buttare giù Campari, ascoltare musica e a fare qualche partita a scopa.

A un certo punto il vecchio propose di fare un salto nella balera a fianco; c'era una cosa che voleva mostrargli.

Uscirono per strada. L'aria aveva uno strano odore di funghi, e sul marciapiede c'erano le chiazze di una pioggia recente. Entrarono nella balera, il Gorla salutò un cameriere e gli fece un cenno indicando la porta in fondo.

«Vai, vai», disse il cameriere.

Il Gorla aprì la porta. Un neon illuminò una scalinata che scendeva verso il basso. Una cantina? Alessio seguì il pianista giù per le scale, e lo sostenne quando gli parve che stesse per inciampare.

«Quando si diventa vecchi, non si diventa saggi», disse lui. «Si diventa vecchi e basta». Alessio ripensò ancora al discorso di Luca: almeno loro non avrebbero dovuto temere il futuro.

Percorsero un breve e pulito corridoio nell'umidità del sottosuolo, poi il Gorla aprì un'altra porta a sinistra. Ecco una stanza di medie dimensioni con un divano, un finto camino e un pianoforte a muro nell'angolo. Di fianco al divano Alessio notò un grosso vaso verde di giada.

«I segreti della balera», disse il Gorla con un sorriso vago.

«Cos'è? Un privé?».

«Mah, qualcosa del genere». Il Gorla si avvicinò al pianoforte e fece scivolare le dita sulla tastiera, il frammento di una scala blues.

«Perché siamo qui?», chiese Alessio. «Mi devo preoccupare?».

Il vecchio si era seduto sullo sgabello. Rise solo per un secondo, poi cominciò a suonare. Alessio la riconobbe subito: era *My Favorite Things*. La più banale delle scelte, in fondo – forse un rimprovero, o un tentativo di consolarlo? Eppure quanto era bello riascoltarla. Nella sua versione, Coltrane aveva trasformato un valzerino di Rodgers e Hammerstein in un'opera d'arte, ma senza smarrirne il tono giocoso. Era il sogno del ritorno all'innocenza, e Alessio pensò che per lui l'amore aveva avuto lo stesso potere metamorfico.

Dopo aver presentato il tema, il Gorla iniziò a danzargli attorno con calma; poi si lanciò nell'assolo, come un nuotatore in un lago azzurro. Non aveva incertezze. Chissà, forse copiava da uno stesso assolo fatto tanto tempo prima con il Coppedè, in quella Milano-come-Manhattan degli anni '60. O forse no, forse era solo il vecchio talento che non voleva andarsene, la testarda passione che lo animava e gli dava la certezza che da quella nota ne sarebbe sgorgata un'altra, da quella pausa un'altra: e tutto era perfetto e aleatorio insieme come doveva essere nel jazz.

Ogni tanto un passaggio era più lento del previsto, come se il Gorla avesse incontrato di colpo una corrente fredda: ma subito si riprendeva, e il fraseggio successivo trovava nuova linfa. Si lanciò in un'esplorazione ardita, verso i registri più alti della tastiera, un nugolo di trilli: poi una scala discendente, mentre teneva il basso con la mano sinistra aperta.

Poi suonò nuovamente il tema, due volte. Fece una piccola variazione una terza sopra e infine riportò la canzone a casa, in Mi minore: lasciò gli armonici vagare per qualche istante e poi li spezzò levando le mani dalla tastiera e alzando il piede dal pedale. Richiuse il pianoforte, fece due colpi di tosse e si alzò.

Alessio applaudì. Il Gorla fece un piccolo, ironico inchino.

«Me la cavo ancora, no?».

«È stato davvero molto bello».

«Un regalo d'addio», disse il vecchio.

22

La sera di tre settimane dopo, Alessio si aggirava ubriaco e pensieroso per via Pola. Non era lontano dal Cremisi dove per la prima volta aveva conosciuto Martina. Il terrore di poterla rivedere lo spinse avanti: evitò il quartiere e risalì viale Zara, seguendo la fila degli alberi. Diversamente dal solito aveva in corpo soltanto mezza pastiglia di Xanax.

Più in alto saliva e più aumentavano le prostitute. Un transessuale ammiccò e gli mostrò le tette. Ogni tanto qualcuno accostava e trattava il prezzo. Sentì un uomo chiedere a una ragazza giovanissima – non poteva avere più di sedici anni – se avesse della cocaina da vendergli. Con una ventina di secondi di ritardo, un lampo d'ira attraversò Alessio da cima a fondo. Senza pensarci invertì la rotta, deciso a fare a pugni; ma il tizio era già svanito. La ragazza lo guardava con aria indifferente.

In quel momento il telefono squillò: Luca. Era tornato da poco in città, in automobile. Gli andava di vederlo? Voleva aspettarlo alla fermata della metropolitana più vicina? Che caso, era dalle parti della Stazione Centrale, non ci avrebbe messo molto.

Dopo cinque minuti arrivò alla guida di una Skoda.

«È di Simona», spiegò.
«Chi?».
Luca scosse la testa: «Mia sorella. Non ti ricordi nemmeno più come si chiama mia sorella?».
«Oh, sì, scusami».
«Non hai una bella cera».
«Non sto molto bene, in effetti».
Luca guidò con decisione verso il centro, poi svoltò di colpo e dopo un quarto d'ora si ritrovarono in viale Argonne. Dagli alberi sul ciglio della strada sbucò una coppia trafelata. Il tiburio della chiesa dei Santi Nereo e Achilleo affiorava all'orizzonte. Luca si infilò nelle vie dell'Ortica e parcheggiò di fianco a una panchina.
«Va bene qui?», chiese indicandola.
«Benissimo».
Si sedettero. La notte era tranquilla e profumata.
«Come sta Pieter?», chiese Alessio, pregando che il suo amico gli rispondesse che si erano lasciati.
«Bene», rispose invece Luca. «Ma vorrei arrivare dritto al punto. Vogliamo discutere di questa cosa?».
«Immagino tu stia parlando di Martina».
«Di lei so già. Sto parlando di te. Di come ti stai riducendo».
«Era l'altrove», disse Alessio confusamente, ignorandolo. «E l'ho perso».
Luca fece una smorfia.
«Cerca di ragionare. Non sapevi nemmeno chi fosse, e non lo sai nemmeno ora. Inoltre ti ha ferito e abbandonato».
Alessio prese un lungo, nervoso respiro.

«E perché la persona che ti ha reso più felice non dovrebbe essere la stessa che ti ferisce? Perché non continuare a desiderarla? Credi che valgano davvero, tutte le buone ragioni che hai da darmi? No, siamo ben oltre le ragioni, Luca». Tossì. «L'altro giorno guardavo i tizi del centro scommesse all'angolo della mia via. Non ho mai scommesso, ma suppongo che ci siano delle logiche alle spalle. Su cosa puntare? Un cavallo oggi è vincente, domani è perdente. Un giorno esce il rosso, un giorno il nero. Bisogna cambiare, assecondare la sorte. Una volta però ho sentito parlare un vecchio: diceva che da anni puntava sempre sulla stessa combinazione, la più rara in assoluto. Non so nemmeno di che gioco stesse parlando, ma lo capisco bene. Non gli importava perdere – anzi, sapeva benissimo che era quasi certamente condannato a fallire. Ma lo faceva lo stesso».

«Ma è assurdo», disse Luca.

«Certo. Se pensi che tutte le possibilità si equivalgano, è senz'altro assurdo. Ma lei era. Non so come spiegarlo. Era l'altrove, una cosa completamente diversa rispetto alle esistenze meschine che portiamo avanti. E del resto, che ne sai tu? O voi? Avete sempre accettato compromessi per non rimanere soli. Dite che è normale, siete tutti ossessionati da quest'idea della normalità. Invece è paura. Paura di non dividere l'affitto, di fare i conti con se stessi, o di morire senza qualcuno che ti pulisce il culo come i tuoi vecchi all'ospizio. Per me non è mai stato così. Dunque, che ne vuoi sapere?».

Luca scosse la testa: «So che questa è una malattia.

Mi hai sempre detto di quanto ti facesse soffrire tuo fratello, di quanto trovassi penosa la sua dipendenza».

«Cosa c'entra mio fratello, adesso?».

«Lo puoi capire da solo».

Alessio si appoggiò contro lo schienale e guardò i binari del tram davanti a loro. Le parole di Luca erano ovvie e sensate – e dunque inutili di fronte alle pretese totalitarie di quanto sentiva. Si limitò a scuotere la testa.

«Ma poniamo che io non possa capire comunque», insisté Luca. «E quindi? Il piano sarebbe questo? Passare il resto della tua vita così?».

«Non ne ho idea. L'unica cosa che sto facendo da mesi è starmene da solo. Siccome la gente non mi ha creato altro che problemi, me ne sto per gli affari miei».

«Pensi davvero che la gente ti abbia creato solo problemi?».

«Forse. Sì. Credo di sì».

«Anche io?».

«Tu sei mio amico. È diverso».

«E allora perché ci hai messo così tanto a parlarmene?».

Alessio scosse la testa e sbuffò.

«Ero molto preoccupato», disse Luca. «E lo sono anche adesso. Lo sai, vero?».

«Lo so. Ma che ti devo dire? Mi fa male anche vedere te, in un certo senso».

«E perché?».

«È difficile da spiegare. Come posso farlo senza sembrare un mostro?».

«Provaci».

«Be', diciamo che mi pesa la tua serenità. La tua vita, Pieter, il fatto che sembri sempre così solido e sicuro».

Luca alzò le sopracciglia.

«Faccio qualcosa per fartelo pesare?».

«No, niente affatto».

«Allora non capisco».

«Credo che per me sia molto difficile accettare la felicità degli altri. Penso sia sempre stato così». Si strinse nelle spalle. «So che è un discorso orrendo».

Tornarono in auto e Luca si limitò a guidare senza meta per più di mezz'ora, senza aggiungere altro. In silenzio fecero a pezzetti la città costeggiando i grandi viali, infilandosi nelle piccole traverse alberate, sbucando a margine degli squarci dove nuovi cantieri cercavano di colmare il vuoto, una riqualificazione, l'abbattimento di un ex cinema: semaforo rosso, semaforo verde.

Finirono dalle parti del Mercato Ortofrutticolo, e ancora oltre. Poi Luca accostò e spense l'auto di colpo. Rimasero fermi a guardare la notte. Alessio si domandò se il suo amico fosse offeso, ma non sembrava offeso. Le fronde degli olmi erano scosse da improvvise folate di vento. Sul balcone di fronte, una donna in jeans e maglione stava addentando una mela.

«Va bene», disse a un certo punto Luca. «Finora hai parlato tu. Ora credo sia arrivato il mio turno». Si voltò a guardarlo, le mani sempre fisse sul volante. «Sai cosa penso? Penso che tu sia una carogna egoista che merita di stare esattamente come sta. E penso anche che tu sia felicissimo nel sentirtelo dire – perché non fa altro che confermare il piccolo gioco che hai messo in piedi. Ma se davvero ti fa stare così bene, e davvero credi che io non ti possa capire, allora arrivederci».

E si allungò verso di lui per spalancare la portiera del passeggero. Alessio lo fissò, basito. Dentro di sé sentiva crescere proprio la feroce consolazione di cui parlava Luca, ma anche un improvviso senso di colpa. Mosse le labbra come per aggiungere qualcosa: nulla uscì.

«Arrivederci», disse di nuovo Luca fissando dritto la strada verso di sé.

Alessio attese ancora. Percepiva che quello era il momento in cui avrebbe dovuto tendere una mano, chiedere davvero aiuto. Forse non ce ne sarebbero stati altri. Ma non ne era in grado.

«Arrivederci», ripeté Luca.

A questo punto Alessio scese e sbatté la portiera dietro di sé. Poi cominciò a camminare in direzione del Mercato. L'auto del suo amico partì lentamente dietro di lui.

23

E adesso che giorno era? E che mese, di preciso?

Alessio puntò i palmi a terra, senza ricordare come e quando fosse rientrato. Si alzò dal pavimento come ogni altra volta – sempre più spesso cadeva lì appena entrato in casa. Uscì per mangiare qualcosa. Guardò l'alimentari di recente apertura esporre le sue nuove offerte: *RUM 1,5l SCONTATO, 3 BOTTIGLIE VERA VODKA UCRAINA AL PRZ. DI 2!!* Da un bar uscì una donna in tuta verde che gli chiese da accendere: lui la ignorò.

Emergeva dalle bevute come un naufrago sulla riva, ricordando sempre meno. A volte lasciava tracce: gli arrivavano sms o e-mail in risposta a ciò che non sapeva di avere scritto, e che lui cancellava senza nemmeno leggere. Quelle mattine erano i momenti peggiori: camminava tremando, sconvolto dal puro terrore di esistere.

Ma non era sufficiente per smettere. Qualche ora di pausa lo rimetteva subito in sesto, e quando la notte si addormentava giurando di ricominciare da capo, di affrontare il buio che l'aveva inghiottito – persino ammettendo a mezza voce che *quello* era il motivo per cui non riusciva a venirne fuori – ecco, un bicchiere il giorno dopo cancellava ogni proposito. Era di nuovo lì ad aspettare le sue birre da asporto. Di nuovo al reparto liquori del supermercato.

La dipendenza esige anche una certa precisione. Bisogna avere la certezza che almeno uno di quei locali sia aperto, o che quel barista sia disposto a servirti ancora, che la sera prima tu non abbia rovesciato una sedia per sbaglio o biascicato qualcosa di troppo strano. C'è un'infinità di variabili che il cervello assetato calcola, di continuo, un rumore di fondo fatto di bicchieri ancora bevibili e durata dell'effetto da mantenere: sempre tenersi accesi, sempre tenersi vigili nel mare della sbornia, fino all'onda finale. A quel punto Alessio si lasciava cadere, sudato e stravolto.

Altre sere invece teneva duro fino all'alba. C'era, in certe sbronze, una sorta di lucidità: qualcosa che somigliava terribilmente alla gioia. Arrivava al punto in cui comprendi perfettamente che da quel tipo di condanna non c'è più alcuna via d'uscita; ma continui, come avrebbe continuato un pellegrino nei boschi. Allora è soltanto la luce a fregarti. Sorge una lama verticale, azzurra e bianca, la luce del nord. Vedi? Ogni superficie è bruciata. Scompare.

Rimani soltanto tu, e il sole che invade la stanza.

L'estate giunse e scolorì senza che lui se ne accorgesse. La perdita continuava a dominarlo. Attraversò l'odore rovente e ferroso degli ultimi giorni di luglio; quell'odore che un tempo lo faceva sentire pronto e disposto ai viaggi. Con il caldo, Milano sputava fuori i poveri e i senzatetto. Dormivano nell'afa pomeridiana sulle panchine, sull'erba rada degli spiazzi, a gruppi interi sotto gli archi della Stazione Centrale.

Alessio non fece altro che bere per gran parte delle sue ferie. Al risveglio prendeva subito due pastiglie di paracetamolo per aggredire i postumi, e passava i pomeriggi sudato e tremolante nel letto, sorseggiando birra per poi continuare con qualcosa di più pesante: due, tre, quattro bottiglie di vino bianco.

Usciva solo alle prime ore del giorno e si dirigeva da qualche parte nella città vuota, per partecipare alla sua alba dal colore del pane, fra i pochi altri rimasti. Vedeva i vagabondi lavarsi i piedi con l'acqua delle vedovelle. Le volanti della polizia fare l'ultimo giro prima del cambio turno. Ogni tanto un ragazzo tornava a casa in bicicletta sbilenco, reduce dalla notte, con un sorriso meraviglioso. Le portinaie ecuadoregne lavavano il marciapiede con una canna dell'acqua; si interrompevano quando Alessio passava, e lo fissavano calpestare la pozza in silenzio. Lui camminava, camminava, senza voltarsi mai.

Un pomeriggio notò la tromba accantonata in un angolo, coperta di polvere. Provò a sollevarla, a valutarne il peso fra le mani. Si rese conto che non ascoltava musica da mesi. Niente più Bird, niente più Duke Ellington, Paul Desmond, Miles Davis; niente più Coltrane, Art Blakey, Sonny Stitt o il suo adorato Clifford Brown. Silenzio, unicamente silenzio. Non gli sembrò nemmeno strano. Portò le labbra al bocchino ed emise un Do – era la stessa nota che aveva suonato a lungo nell'assolo per Martina, poco prima che lo lasciasse. Continuò a soffiare finché poté, senza variazioni: un semplice Do. Poi rimise la tromba dov'era. Da quel momento non la toccò mai più.

Solo una volta tentò di ritrovare l'incantesimo che aveva provato mesi prima, quel breve istante di pace mentre attraversava i boschi della sua infanzia. Non che credesse alla redenzione – ormai non credeva più a nulla – ma qualcosa dentro di lui lo spingeva a un ultimo tentativo. Nei momenti di maggiore chiarezza, appena sveglio in mezzo a bottiglie vuote e blister di Xanax, capiva perfettamente cosa stava facendo. Non era difficile intuirlo.

Così una mattina prese l'autobus per il suo paese natale. Fino a quel momento era tornato in montagna un paio di volte, senza quasi parlare con la famiglia; e anche stavolta non fece eccezione. Angelo lo accompagnò a casa fissandolo con uno sguardo sdegnato: lui si limitò a prendere dal vecchio armadio una camicia di flanella, un k-way, delle calze robuste, gli scarponi e uno zaino.

In cucina preparò quattro panini con formaggio di malga e salame. Mentre tagliava il pane la madre gli carezzava i capelli senza parlare. Prese anche qualche mela verde, riempì la borraccia d'acqua e mise tutto nello zaino. Indossò gli scarponi e dal portaombrelli all'ingresso scelse un bastone d'abete con il manico intagliato a colpi di lama. Questo gli fece ricordare il coltello. Tornò in camera e prese il suo vecchio Opinel numero 8.

Poi uscì, puntando con determinazione verso il bosco. Giunse alla radura e al casolare disabitato, lo superò, ed entrò nel fitto della foresta. Il sentiero divenne rapidamente più sottile, come ricordava: in due o tre ore sarebbe uscito dalla macchia per arrivare ai prati radi che precedevano le cime. Veniva da mesi di bevute colossali, l'ultima delle quali risaliva a poche ore prima: era stanco e fuori forma, eppure continuò. L'idea era di giungere alla cima come tante altre volte aveva fatto da ragazzo, una strada poco battuta ma che a lui era sempre piaciuta: era dura e aspra, una via di guerra. Il buio degli alberi lo catturò. La salita gli spezzava il fiato e sentiva già la schiena fradicia di sudore.

Quando arrivò alla sella appena fuori dal bosco era stravolto. Fece una pausa mangiando un panino e una mela. Davanti a lui si ergeva una salita ripida, poi la cengia che girava attorno alla montagna, e quindi il tratto finale a duemiladuecento metri. Nessun rifugio ad attenderlo, solo la nuda roccia. Ricominciò. Un passo dietro l'altro, il fiato che assumeva un tiro regolare. Attorno a lui il paesaggio si era ridotto a una coltre sottile d'erba, massi che emergevano coperti di licheni, e sulla destra il fianco della montagna vicina – la grande cava che l'aveva divorata negli anni. Attaccò la cengia barcollando. Era stretta e pericolosa, il lato esposto a un precipizio.

Per due o tre volte pensò di tornare indietro. Sul sentiero non c'era nessuno, e come avrebbe fatto se il cuore gli fosse mancato proprio lì? Dopo aver chiuso la prima curva attorno alla montagna vomitò la mela e il panino contro le rocce. Aveva freddo e tremava, ma non si fermò nemmeno stavolta. Con uno sforzo immenso e dopo altre due ore – un tempo ridicolmente lungo – vide la distanza che lo separava dalla cima. Davanti a quella salita si lasciò cadere a terra ansando. Bevve tutta l'acqua rimasta e riempì di nuovo la borraccia a una piccola fonte che ricordava con chiarezza.

Era solo, in un punto privo di qualsiasi attrattiva. Solo in mezzo alla pietra che lo aveva generato, al duro granito. Le vette più alte si alzavano innevate intorno, e solo a fatica potevi intravedere un frammento della valle, una minuscola macchia di larici. Di nuovo Alessio provò quel senso di liberazione, e stavolta fu ben deciso a non lasciarselo sfuggire: avrebbe potuto lavorare in un rifugio della zona per qualche mese, magari addirittura prendere in gestione un bivacco per rifornirlo durante l'inverno. Finire dove forse era sempre stato destinato: su, dove niente e nessuno avrebbe potuto ferirlo.

Fu allora che vide in un angolo i rimasugli di un fuoco recente, sei pietre disposte a cerchio e un cuore annerito. Non era raro trovarli a quella quota, benché naturalmente fosse proibito. Ma chi e perché l'aveva acceso proprio lì? Non doveva avere più di un giorno o due. Qualcun altro aveva deciso di fare come lui, prendere quel sentiero dimenticato, magari spinto dalle stesse ragioni che lo animavano. Un'altra creatura persa che cercava speranza.

All'inizio fu raggiante, come se avesse scoperto un amico di cui non sospettava l'esistenza. Poi lo invase l'angoscia: *qualcuno era stato lì.* L'umanità era sempre pronta a raggiungerlo: non ci sarebbero state terre incontaminate, perché ovunque l'uomo aveva dominato il mondo, e con il suo bisogno di possesso gli avrebbe sempre ricordato ciò che era. Non sarebbe mai divenuto pietra: i massi e gli strapiombi e le creste e i passi e le anticime gli apparvero, nonostante tutta la loro maestà, mera illusione.

Quando tornò vide il padre fuori casa, a braccia conserte. Era in piedi, come se lo stesse aspettando. Lo vide, quell'uomo volgare, quell'uomo ossessionato dalla Svizzera – *Voi se siete svegli dovete andare in Svizzera, a lavorare là, là ci sono i soldi, non come in questo paese di ladri e coglioni* – quell'uomo dai baffi giallastri, silenzioso e violento, quel perfetto rappresentante della lunga stirpe dei Bertoli – lo vide ed ebbe il desiderio di colpirlo con un sasso sulla fronte.

Il crepuscolo era quasi terminato. Una rondine tagliò l'aria in mezzo a loro. Il vecchio non si mosse. Alessio gli andò incontro e fece solo un cenno con il mento, sconvolto dalla discesa frettolosa. Il padre alzò una mano: suo figlio si fermò.

«Hai finito?», gli chiese.

«Eh?».

«Hai finito oppure no?».

«Finito con che?».

«Con questa cosa ridicola».

Alessio non rispose e cercò di schivarlo di fianco. La mano del padre lo spinse all'indietro.

«Ti ho fatto una domanda. Rispondimi».

«Ma cosa ti devo rispondere».

«Quando la vuoi finire», disse ancora il vecchio Bertoli, tranquillo come una pietra cotta dal sole. Lui sì che aveva attinto la pace di quei luoghi; era divenuto indifferente e crudele come loro. In quel momento Angelo uscì dalla porta di casa e avanzò verso di loro tirando su con il naso, le braccia larghe. Si pose di fianco al padre.

«Dove lo preferisci, in pancia o in faccia?», disse.

«Cosa cazzo vuoi, anche tu», disse Alessio.

«Hai sentito papà? Hai bisogno di qualcuno che ti tiri fuori. E se non vanno i suoi metodi, usiamo i miei».

«Devo prendere lezioni da te? Sul serio?».

«Devi prendere lezioni da qualcuno. Io o papà o chiunque altro».

Il padre aveva fatto un passo indietro e ora li fissava, sangue del suo sangue, sempre con uno sguardo inespressivo.

«Vuoi farti bello davanti a lui?», disse Alessio con un sorriso, indicandolo con il mento.

«Come dici?», gridò Angelo.

«Due contro uno. Funziona così, quindi».

«Come dici?», ripeté Angelo.

«Devi smetterla», disse suo padre. «Torna normale, o non tornare più. Non voglio che tua madre o qualcun altro ti veda in queste condizioni. Mi fai solo vergognare».

«Vergognare!», sbottò Alessio. «Perché sto male? È per questo, vero?».

«Esatto», disse il padre.

«Esatto», lo imitò Angelo annuendo con forza.

Alessio si sedette sull'erba.

«Giuro, non so cosa dire. Non lo so». Scosse la testa. «Guardatevi, Cristo. Siete voi che dovreste vergognarvi. Non avete mai perso nulla, e quindi vi sentite così forti – così forti da aggredire un figlio, un fratello. Mi fate schifo. Schifo».

Rimasero in silenzio per qualche istante su quel tratto d'erba bruciata. Poi suo padre sputò per terra e tornò verso casa. Alessio vide sua madre spiare la scena dalla finestra: quando il loro sguardo si incrociò, lei chiuse in fretta la tenda. Intanto Angelo aveva tirato fuori il portafoglio dalla tasca. Estrasse un rotolino di banconote da cinquanta euro e lo strinse fra pollice e indice; poi guardò il fratello con occhi colmi in parte eguale di disprezzo e rimpianto.

«Prendi», disse gettandolo fra loro due. «Prendi pure tutti i cazzo di soldi che vuoi e ti servono. Me li hai prestati quando avevo bisogno, ora te li ridò. Ma non farti più vedere».

«Non ti preoccupare», disse Alessio raccogliendo le banconote.

24

Al rientro in ufficio, il direttore marketing gli spiegò che il suo rendimento nell'ultimo periodo era preoccupante. Con tono amichevole ma fermo, disse che dall'inverno scorso era diventato irriconoscibile: e se per i primi mesi dell'anno aveva accumulato solo una serie di errori tollerabili – benché non da lui, da sempre meticoloso e pignolo – ora la situazione era davvero grave. Le assenze ingiustificate. Le vere e proprie fesserie. I compiti ignorati.

«Siamo al livello del richiamo da parte della dirigenza», spiegò.

«Okay», disse Alessio, trattenendo la nausea.

«Ho provato a parlartene già diverse volte. Non puoi dire che non l'abbia fatto».

«L'hai fatto. Sei sempre stato un ottimo capo».

Lui lo fissò incerto: «Mi vuoi dire una buona volta cos'è successo?».

«Nulla», balbettò lui – e in effetti in quel momento gli appariva tutto talmente assurdo che quella parola non era un modo per dissimulare l'apparenza, ma la risposta più accurata possibile: nulla, non era successo nulla, aveva fatto tutto da solo. Il capo scosse la testa e se ne andò. Alessio tornò a fissare lo schermo.

Lo licenziarono con un preavviso troppo breve. Avrebbe potuto fare ricorso ma non si sentiva in grado di parlare con un avvocato. Prese un foglio di carta e fece i conti: con i soldi messi da parte, non molti, poteva campare ancora qualche mese restando cauto. Poi avrebbe deciso cosa fare.

Pochi giorni dopo, il padrone di casa gli disse che aveva deciso di ristrutturare il monolocale e regalarlo al nipote. Alessio era in nero e non poteva protestare. Domandò almeno un mese di tempo per organizzarsi; lui gliene concesse metà. Ai primi di ottobre si ritrovò per strada con le sue poche cose divise in tre borse e qualche scatola di cartone. Dormì per qualche giorno da Elena, poi lei lo sbatté fuori dicendo che non poteva più sopportarlo: era insostenibile vederlo in quelle condizioni.

L'opzione più ovvia era trasferirsi da Marco, ma aveva paura che lo costringesse in qualche modo a smettere di bere, o gli proibisse definitivamente lo Xanax. (Non era certo il medico più responsabile del mondo, ma la mente di Alessio tendeva a vedere ovunque delle minacce).

Implorò dunque l'ex fidanzata di Marco, Roberta, di ospitarlo finché non avesse trovato una nuova sistemazione. Lei stava in un bilocale in viale Brianza, lungo la circonvallazione nord. Alessio cercò di occupare il minimo spazio possibile; dormiva sul divano e rimaneva in casa solo per poche ore.

Il futuro non esiste, gli aveva detto Luca: scopriva solo ora la vera forza di quella profezia.

Passava le giornate nei bar, o comprava due bottiglie di vino e le beveva lentamente al parco ex Trotter, in via Padova. Scavalcava il muretto della vecchia piscina in disuso e sedeva lì, fra le crepe del cemento, in mezzo agli sterpi cresciuti per l'incuria. A volte qualche banda di ragazzini lo precedeva, e allora si accontentava di una panchina isolata. E comunque c'era sempre un caffè lì accanto dove prendere qualche birra a poco prezzo e ciondolare al bancone. Un cinquantenne parlava a un telefono inesistente. Due transessuali bevevano un cappuccino dietro l'altro, facendosi aria con la mano come se avessero sempre caldo.

Mangiava sempre meno. Un falafel ogni tanto o un cheeseburger in offerta speciale al McDonald's di piazzale Loreto. Per ammazzare il tempo distribuiva qualche moneta a tutti i mendicanti che trovava sui marciapiedi. Una volta, dalle parti di via Morgagni, un tizio con la barba scura e un grosso pezzo di cartone sottobraccio gli chiese di offrirgli una focaccia nella minuscola pizzeria lì di fronte. Alessio annuì e si diresse verso l'ingresso; il tizio lo bloccò, lo afferrò per un gomito e gli disse: «Senti, no, ora ti racconto come sto e magari mi dai due carte. Capito?».

«Eh?», disse Alessio, rallentato dalle benzodiazepine.

«Due carte. Dieci, venti euro».

«Mi avevi chiesto una focaccia».

«Be', ho cambiato idea. Non ti sta bene?».

«Lasciami».

Lo strinse più forte, gli si avvicinò. Puzzava. «Non ti sta bene?».

«No».
«Ah, no? E allora che cazzo fai? Eh?».
Alessio si accorse di tremare. Pensò che mai come in quel momento avrebbe voluto avere vicino suo fratello: gli avrebbe tirato una testata sul naso e l'avrebbe schiacciato a terra con i suoi scarponi – *questa merda d'uomo, questo barbone che si permette anche di toccarmi*. Un lampo dell'antica violenza cui era stato abituato lo attraversò per un istante, ma si spense subito. Alessio prese il portafoglio. Il tizio cercò di strappargielo di mano; lui resisté ma tirò fuori comunque dieci euro.
«Ecco», disse.
«Ecco», disse anche lui, ora con un sorriso. «Ci voleva tanto? Una carta. Una carta, t'ho chiesto. Manco t'avessi chiesto un milione. Grazie». Mollò la presa, ebbe un tremito nervoso, e poi sorrise ancora. «Grazie», ripeté.

Il tempo accelerò. Di ottobre non ricordava nulla, se non che fu un mese stranamente gelido: e in quel freddissimo ottobre, lui camminava. Era la sola cosa che gli fosse rimasta dei vecchi tempi. Andò da nord a sud, da est a ovest e viceversa. Milano, e la sua vita precedente, si disperdevano nell'aria come una fiaba un tempo narrata – qualcosa che non lo riguardava più.

Il vento gravido di smog gli batteva sugli occhi e sulle guance screpolate. I portoni e le vetrine apparivano statici e solenni, incisioni di un bassorilievo. Ma lui sapeva che non esisteva nulla dietro il volto felice del centro, dietro la cosmesi dei negozi e dei grattacieli in costruzione: la città che gli gravitava attorno era solo una menzogna, lo stato appena antecedente alla maceria: e proprio come lui – benché fingesse il contrario, nella frenesia di ogni giorno – in segreto congiurava per la propria distruzione.

E poi era di nuovo sbronzo. Di nuovo sbronzo. Una donna gli fece una domanda. Il suo viso galleggiò mentre lui sbandava a sinistra, ignorandola, verso un cantiere dove i muratori si passavano dei mattoni.

Alessio arrancò fino a un piccolo spiazzo con delle panchine. Lì fu assalito dalla nausea. Il freddo si dilatava come una radiazione nelle ossa. I bottoni della giacca. Slacciarli e riallacciarli uno per uno, per testare la sensibilità delle dita. Si girò verso i cespugli, cominciando a tremare.

Dopo qualche minuto si voltò a verificare che nessuno l'avesse notato. L'avevano notato tutti. Si alzò di nuovo. Non si sentiva meglio. Fece dieci metri sperando che il male si alleviasse, ma una fitta improvvisa al fianco destro lo paralizzò.

Alessio si accasciò a terra. Il mondo intero gli apparve improvvisamente ostile.

Si trascinò sull'erba. Un ragazzo dormiva avvolto in una coperta rossa. Alessio decise di riposare qualche istante. Doveva respirare. Quando respiri entra il bene ed esce il male, diceva sua nonna, e sua nonna ne sapeva. Sua nonna veniva dai campi, era una contadina, e una cosa del genere le sarebbe parsa orribile esattamente come a suo padre. E del resto tu lo sei – *sei* orribile, no? Lo sai, no?

«Lo sai, no?», disse, e oh Cristo, stava parlando da solo.

Provò a concentrarsi. Entrò in un tabaccaio. La donna al banco stava urlando al telefono. Alessio scelse un pacchetto di sigarette che non aveva mai provato. Pagò e uscì. Davanti a un bar sedeva una ragazza con la felpa aperta nonostante il freddo, e una maglietta con scritto sopra SEXY BABY. Tre tizi facevano capannello davanti a una cabina del telefono. A un ragazzo cadde il telefono e andò in frantumi sul marciapiede.

Forse doveva mangiare qualcosa. Vide un ristorante cinese all'altro lato della strada. Entrò con la sigaretta accesa. La cameriera disse che non poteva fumare: «Ma io non fumo», disse Alessio con aria assente, e gettò la sigaretta fuori sul marciapiede.

Si fece assegnare un tavolino di fianco a una coppia di ragazze. Loro cominciarono a guardarlo. Alessio ricominciò a tremare.

Xanax. La necessità oscurava ogni altra percezione. Un'altra cameriera gli domandò se stesse bene. Alessio disse di sì. Aveva deciso cosa ordinare? Alessio disse ancora di sì: wonton fritti, riso alla cantonese, una birra media. La cameriera annuì e prese nota. L'intero locale puzzava di salsa di soia. Quando arrivò il piatto, Alessio rimase qualche istante a fissarlo. Poi depose le bacchette e corse fuori.

(Eppure il delirio gli appariva come la prova che

quel sentimento fosse non solo tirannico, ma anche prodigioso; una storia così banale era divenuta destino. Dunque non si stava rovinando. Stava raggiungendo l'essenziale, che gli piacesse o meno. Come gli antichi profeti aveva guardato un dio negli occhi, e la verità l'aveva trasfigurato).

A volte prendeva la 91, il bus che compie il giro della circonvallazione esterna. Saliva alla fermata di via Andrea Doria e scendeva a Lotto. Poi da Lotto ripartiva all'incontrario con la 90, il bus opposto, oppure proseguiva verso sud. Ore intere, avanti e indietro, con qualche tappa nei bar lungo la strada.

Spiava la sua città incollato al finestrino: la desolazione improvvisa di viale Cassala, il traffico lungo viale Jenner, la sopraelevata di viale Monte Ceneri che irrompeva sul paesaggio come la schiena di un drago. Sotto i piloni che la reggevano c'era sempre qualche auto scassata.

Alessio non comprava mai il biglietto. La sera le corse erano piene di cinesi stravolti dalla fatica, gruppetti di donne sudamericane che si prendevano in giro in spagnolo, corpulenti italiani pronti alla rissa e semplici ubriachi come lui. Una volta, a tarda notte, due tizi vennero alle mani. Uno dei due aveva un coltello. Si fronteggiarono nel vuoto aperto all'improvviso. Il bus si fermò. Quello senza coltello corse fuori, e l'altro lo inseguì gridando nella notte.

Solo ogni tanto gli capitava di incrociare un volto che appariva amico. Non poteva esserne certo: ma gli occhi sbarrati e la bocca semiaperta – come se fosse sempre sul punto di emettere un grido o una preghiera – gli ricordavano ciò che vedeva riflesso nelle vetrine. Del resto qualcuno doveva pur custodire un segreto come il suo. Un'anima che aveva gettato ogni cosa al vento, non importa se per un motivo diverso: avrebbe voluto incontrarla, perché l'avrebbe capita. Ma alzando lo sguardo dall'alto di una scala mobile, emergendo di colpo dalle viscere della metropolitana, non capiva tutti gli altri: la moltitudine febbrile che lo circondava e lo sfiorava ignara.

Quando cadde un nevischio precocissimo e incerto, trovò finalmente casa: un minuscolo bilocale già arredato, in un condominio alle porte di Bruzzano, poco oltre il confine settentrionale della città. Diciassette piani di abominio edilizio sorti a ridosso di uno spiazzo, non lontano dal Parco Nord. Lì gli fu chiaro che anche le cose hanno il potere di abbandonarti, e persino certe zone possono scrollarsi di dosso l'elemento umano che le ha costruite. Non sei tu ad andartene. Sono loro a dire la parola fine.

Il nuovo appartamento – anch'esso pagato in nero – aveva un unico pregio: era all'ultimo piano. Alessio passava le notti a bere guardando lo scheletro dei palazzi e le croci delle gru contro il cielo: aveva posizionato un tavolino di fronte alla finestra, e da lì dominava l'intera periferia milanese. La neve turbinava argentea nel vuoto.

Una gioia immensa lo animò: adesso era lontano a sufficienza da qualsiasi cosa. Addio per sempre, città dalle luci colorate. Addio palazzi giallo uovo, addio ristoranti giapponesi, addio cinema assiepati: addio corso Buenos Aires, addio Lambrate, addio Città Studi.

E benvenuta, pensava Alessio, benvenuta fabbrica dai vetri sfondati di fronte al mio palazzo: benvenuto parchetto dove una cicciona porta il cane a giocare, e spera faccia amicizia con quello del ragazzo che fuma una sigaretta dietro l'altra. E il gruppo di ragazzini peruviani guidati da un vecchio con un gatto in braccio. E le giovani madri cinesi che parlano fra loro, alcune già di nuovo incinte, mentre i figli si rincorrono nel tramonto rosa scuro di Bruzzano, nel crepuscolo azzurro e madreperla di Bruzzano.

E lui ripensava al modo in cui aveva consumato il periodo migliore della sua esistenza, la sua giovinezza, le sue forze e il suo talento – e forse l'intera vita che gli restava da vivere, senza rimedio, precipitando nell'indigenza e nella solitudine. Tuttavia non provava rimpianti. Percepiva, come una verità oscura ma sostanziale, che lo scambio fra la felicità passata e il caos del presente era scevro da inganni. Sorridendo si diceva: *Sono finito qui per amore, soltanto per amore.*

25

Era passato un anno. Alessio faceva la doccia quando capitava. Dormiva a momenti alterni, mai più di tre o quattro ore a volta. Di giorno passava gran parte del tempo nel vicino quartiere Affori, una bella zona popolare: oltrepassava la sopraelevata di via Vincenzo da Seregno e scendeva a piedi verso via Astesani.

Non lontano dalla stazione dei treni c'era il suo bar preferito. Era frequentato per lo più da disoccupati cronici, badanti, operai incarogniti da quarant'anni di fatica. Tutti bevevano in silenzio. Lui non aveva la dignità del loro dolore, ma si sentiva comunque accolto e in pace. Il gestore era un rumeno che parlava italiano con un assurdo accento del nord-est, e infilava una quantità di parolacce in ogni frase. Quando non era al bancone sfidava un tipo alto e glabro a interminabili partite di dama, o si lamentava dell'eccessiva presenza di arabi in città.

Ogni pomeriggio, dei sedicenni prendevano a calci e manate la saracinesca di un negozio chiuso da anni. Dal primo piano una signora in tuta grigia si affacciava e diceva loro di smetterla. «Ti spacchiamo la faccia!», gridavano in risposta. Ogni pomeriggio la stessa storia. Una volta minacciarono anche lui. Alessio si allontanò biascicando qualcosa. Uno lo seguì per un centinaio di metri, invitandolo di continuo a farsi avanti. Alessio non aveva le forze di correre. A un certo punto si voltò per arrendersi, ma il ragazzo stava tornando indietro. Teneva solo il dito medio alzato, di spalle.

Lungo il viale c'era un edificio completamente sventrato e bruciato. Alessio sedette a una panchina che senza motivo era stata installata lì davanti. Sull'erba del cavalcavia c'erano dei sacchi neri. Si avvicinò e li tastò. Uno sembrava pieno di stoffe o vestiti. Ne aprì un altro: conteneva un lavandino distrutto, alcune pentole, delle spazzole. Li ignorò e continuò a camminare. Camion e automobili erano bloccati in coda nel traffico delle sei, e lanciavano colpi di clacson senza smettere un istante. Alessio cercò riparo fra i palazzi dell'area residenziale. Un graffito in spagnolo cominciava dicendo *Perdona lo que soy*: gli sembrò appropriato. Pochi minuti dopo scese una pioggia fredda e sottile. Alessio aprì la bocca e sentì le gocce sulla lingua. Poi proseguì verso nord.

Una mattina, mentre cercava di far durare il più possibile il bicchiere di amaro che aveva davanti, trovò un bloc-notes abbandonato sotto il tavolo del bar. Lo immaginò caduto dalla tasca di un cappotto. Lo raccolse senza dare nell'occhio, abbassando appena il braccio e fissando il muro davanti a sé.

«Tutto bene?», chiese il barista rumeno.

«Sì, mi è solo caduta una cosa», disse Alessio.

Lo mise sul tavolo e prese a sfogliarlo. Solo le prime pagine erano scritte. Il resto, una desolata fisarmonica di fogli bianchi. Alessio schiacciò il bordo del taccuino: all'inizio trovò, in stampatello, il seguente incipit:

GIGI MARIANI
FUGGIASCO DA QUESTO PIANETA
E DA TUTTI I SOGNI DEGLI UOMINI.

Toccò piano la carta. L'inchiostro era penetrato così a fondo – la grafia era così violenta – che poteva sentirne i segni sotto i polpastrelli. Chiuse gli occhi, poi proseguì. A pagina due lesse, in un corsivo nervoso:

Questo è per chi mi è stato vicino,
per chi mi ha amato,
ma anche per chi mi ha odiato:
svanisco per sempre e dico addio a tutti.
La saggezza è svanire.

Poi il pezzo si interrompeva e proseguiva a pagina quattro, lo spazio vuoto colmato da uno strano disegno: un cavalluccio marino con la testa di tigre.

Quel messaggio lo ispirò. Probabilmente fu allora che cominciò a elaborare la sua idea. Quante persone scomparivano ogni giorno a Milano? Ed era ancora possibile farlo? Non lasciare più alcuna traccia su questa terra. Spezzare ogni legame, anche il più esile rimasto, ed essere liberi.

Per gli anni della nostra giovinezza, dove la presenza era essenziale – e lo sarebbe diventata ancora di più in seguito – svanire appariva il più grande dei peccati. Alessio invece rilesse il messaggio di quel Gigi Mariani un'altra volta ancora, e ancora ne carezzò la carta. Chiunque fosse, gli apparve come un eroe.

Ormai scendeva in città solo una volta ogni tanto. Non passava più in libreria, non andava al cinema, non faceva nulla. Per giorni non vide nemmeno un essere umano, segregato nel proprio appartamento. Per settimane intere non parlò. Si limitava ad alzarsi, comprare quel poco che serviva per mantenersi in vita – sandwich al tonno, cracker, carne in scatola – e aprire la prima bottiglia. Al supermercato avevano imparato a conoscerlo. Era sempre gentile con tutti. Il suo sorriso non si era mai spento.

In genere cominciava con del rosso, c'era un cabernet a poco prezzo che gli piaceva, e poi si faceva strada verso mezzogiorno con una lunga serie di birre. Nel pomeriggio passava al whisky, o tornava al cabernet. Il poco Xanax rimasto, spezzato in quarti di pastiglia. Si addormentava spesso verso le cinque di sera, quando già era buio e alla sua finestra brillavano le luci della città e i treni si affollavano sui binari della stazione di Bruzzano: ed ecco quindi i risvegli peggiori, poche ore dopo, quando nel palazzo cominciavano ad affollarsi le voci e i rumori delle famiglie a cena, e lui si riscopriva in mutande sotto una coperta.

A volte il telefono squillava nel silenzio della stanza. Lui lo guardava e lo lasciava suonare. Provò a riascoltare un album di Coleman Hawkins e uno di Miles Davis, ma fu come se avesse perso la capacità di comprendere quella musica. Qualche giorno dopo rubò un cartone al supermercato, ci stipò dentro tutti i suoi dischi e li buttò nella spazzatura. Poi fece lo stesso con i libri.

Come promesso ad Angelo evitò di tornare dai suoi per il Natale, e passò il suo secondo capodanno solitario – se ne accorse unicamente per via dei botti che lo svegliarono di colpo, mentre già dormiva. I giorni avevano perso qualunque identità. La sua sola preoccupazione era lo Xanax, ormai terminato; non sapeva come fare per procurarsene altro, e di certo non poteva chiamare Marco. Fece il giro delle farmacie della zona, ma invano.

Settimane dopo, sveglio per caso all'alba, si recò sul tetto del palazzo e vide la città alzarsi. Quant'era grande: cemento e metallo a perdita d'occhio, il profilo lontano del Duomo, grattacieli in costruzione e grappoli di luci, serrande chiuse e automobili che sfrecciavano solitarie per le strade. E ancora baffi di fumo, hotel a una stella, foglie sbriciolate, la vertigine della distanza, il cielo acquamarina che ardeva come brace verso oriente, e lui – in pigiama e cappotto, l'ultimo dei fessi.

In un lampo imprevisto di lucidità, scoppiò a ridere. Rise a lungo e poi si affacciò al bordo. Nella nuda trasparenza del mattino, i palazzi sembravano vivere un'esistenza propria. I palazzi erano giganti, erano corpi, erano dèi.

Ecco cos'era Milano. Era una città di addii. Gli amori terminavano regolarmente a ogni ora, nei luoghi più imprevedibili: lo spazio di un abbraccio consumato di fronte al parcheggio di Bisceglie, al limite urbano occidentale. Uno schiaffo di fronte alla Biblioteca Sormani. Uomini e donne la cui sola presenza era ormai diventata intollerabile: si mormoravano addii inferociti in letti di viale Lomellina, di via San Marco, di piazzale Brescia: matrimoni terminati da una firma, o interrotti bruscamente senza altre parole.

Più di Praga, più di Amburgo, più di qualunque altro luogo nel cui codice genetico era inscritta la malinconia, Milano ora si ergeva sopra di lui – mentre la spiava fra le antenne e i mozziconi di sigaretta, intirizzito dal gelo, denutrito, confuso da settimane di mutismo, – ecco: Milano si ergeva sopra di lui come un regno di amanti delusi. Tutto perdeva senso di fronte a una creatura che scopre la sua verità: non c'è gioia che sia in grado di colmare il dolore subito. Di fronte a questa visione l'unica scelta era arrendersi. E lui si arrese.

Così, un pomeriggio di febbraio, il desiderio di sapere cosa stesse facendo Martina si fece ancora più feroce del solito: il modo esatto in cui le sue labbra si porgevano verso Michele, il suo corpo prigioniero di un altro odiosissimo corpo, oppure la speranza mai sopita che anche lei fosse sola come lui, persa nel labirinto di Milano – che potessero ritrovarsi come quel lontano giorno di settembre. Uscì.

Per strada si guardò intorno alla ricerca di qualcuno, di chiunque: ma la città era deserta e nessuno poteva aiutarlo. Aveva ormai pochissimi soldi; non sarebbe nemmeno riuscito a pagare l'affitto del mese. Prese la metropolitana timbrando un biglietto già usato, cambiò alla stazione Duomo, percorse il centro a piedi verso nord e all'improvviso si ritrovò in Porta Venezia. Davanti al Ritornello. Da quanto tempo non ci entrava? Un'onda di ricordi lo scosse; senza pensarci varcò la soglia e fece quello che faceva da mesi – ordinò una birra, si mise a bere in silenzio tutto quello che gli restava.

Poche ore dopo lo incontrai.

26

«Bene, e questo è quanto», disse Alessio. La storia era finita. Portai d'istinto lo sguardo al telefono: le due passate. Perché il Ritornello non chiudeva? Eravamo prigionieri di quel posto per sempre? Mi accasciai sulla sedia. Alessio aveva ripreso a fissare il tavolo. Aveva parlato senza interruzioni per ore, riportando tutto con la massima precisione nonostante l'ubriachezza e la mancanza di abitudine a conversare: ma una volta concluso il racconto aveva taciuto all'improvviso. Difficile dire come mi sentissi. Ripensandoci ora, posso dire che ero impaurito e disgustato allo stesso tempo.

Alessio si alzò lentamente e dopo un passo appoggiò una mano sulla mia spalla per cercare sostegno. Aveva bevuto una decina di birre solo con me, e chissà quante se ne era scolate prima.

«Puoi pagare tu quello che resta?», mi chiese imbarazzato al bancone.

«Certo», risposi.

Fuori il quartiere mandava le sue ultime pulsazioni, nel buio gelido della notte. L'angolo di strada del Ritornello era completamente spento: solo un rettangolo di luce al quarto piano di un palazzo, in fondo alla via. Una coppia di ragazze scendeva a passo veloce verso il centro. Noi ci incamminammo lungo corso Buenos Aires. Alzai gli occhi al cielo: era violaceo e privo di stelle. Alessio barcollava e ogni tanto parlottava fra sé, ma ero convinto che si trattasse di una posa.

«E ora?», chiesi mentre aspettavamo a un semaforo.

«E ora basta. È finita».

«In che senso?», mi allarmai.

Lui mi guardò con uno strano sorriso. «Aspetta. Stai pensando che voglia uccidermi?». Non risposi; ero preoccupato, ma sapevo che non aspettava altro che questo. Non volevo dargliela vinta. Il verde scattò; attraversammo e lui riprese: «Comunque no, la risposta è no. Ci ho pensato, certo. Ma aveva ragione Laura. Non ne sono capace».

«E allora cosa intendi fare?».

Alessio si strinse nelle spalle e non rispose. Ero stufo marcio di quella farsa: accelerai il passo e non parlai più. Ci separammo in piazzale Argentina. Di fianco a una delle grandi fioriere della piazza si aggirava un vagabondo insonne.

«Come torni a casa?», domandai.

«A piedi».

«Fino a Bruzzano? È lontanissimo, e fa un freddo cane. Prendi un taxi».

«Non ho più soldi, ricordi?».

«Te lo pago io», dissi stancamente.

«No, grazie. Hai già offerto prima».

«Ma non è un problema».

«No, davvero. Davvero. Non posso accettare».

«Allora ci vediamo», troncai.

«No», disse lui con un sorriso. «Non ci vediamo più».

Mi porse la mano, la strinsi. Volevo soltanto salire a casa e farmi una doccia. Alessio portò due dita alla tempia in gesto di saluto e si allontanò, le mani in tasca, verso nord-ovest: io restai fermo ancora qualche istante, e quando la luce di una farmacia lo investì pensai di nuovo che avrei dovuto fotografarlo, e di nuovo non lo feci.

Con il senno di poi persi un'immagine rara e compiuta: un uomo completamente solo, che imboccava con decisione la strada per sparire.

27

Nonostante il pessimo umore che ancora mi accompagnava – quella notte aveva lasciato uno strascico fastidioso su tutta la settimana, avevo lavorato male, litigato con il mio socio e scattato una serie di brutte fotografie – provai a richiamare Alessio qualche giorno dopo il nostro incontro. Il telefono era spento. Tentai con Luca; anche lui non ne sapeva nulla, e anzi si stupì quando gli dissi che l'avevo incontrato.

«Cosa ti ha detto? Come sta?», mi chiese.

«Be', non molto bene, questo è certo».

«Beve tanto, vero?».

«Tantissimo. Mai visto nulla di simile».

«Cristo».

Annuii nel vuoto.

«E cosa vi siete detti?».

«Mi ha raccontato di Martina», dissi in tono vago. «Diciamo che mi ha fatto un corso di aggiornamento su questo amore folle».

«Non pensavo fosse ancora fermo lì».

«In qualunque punto sia fermo, non è un posto piacevole».

«È impazzito», disse. Sembrava davvero contrito. «È impazzito, e io non gli sono stato accanto».

A quel punto decisi di tranquillizzarlo: probabilmente era solo la solita strategia di Alessio, tenersi ai margini e farsi desiderare per poi sommergerti con le sue magagne. Luca disse che capiva, ma mi pregò di non essere così cinico. Forse aveva ragione: comunque non avevo voglia di discutere. Chiusi la comunicazione e tornai al lavoro.

Due settimane dopo, tuttavia, richiamai di nuovo Alessio: e il telefono era sempre spento. Gli lasciai un messaggio in segreteria dicendo che mi sarebbe piaciuto passare un'altra serata insieme, magari evitando di sfinirci di birra al Ritornello. Proposi un ristorante libanese non lontano da Affori, nella speranza di tentarlo. Non rispose mai.

Di lì a qualche giorno Luca spedì un'e-mail a tutti i componenti della nostra vecchia cerchia, in cui domandava se qualcuno di noi avesse notizie di Alessio. E tutti risposero allo stesso modo: no, da diverso tempo. Luca replicò a sua volta dicendo che il nostro amico sembrava svanito nel nulla:

La questione è seria. Ho provato ad andare al suo appartamento, mi aveva lasciato l'indirizzo subito dopo il trasloco, forse ancora in un barlume di sanità mentale. Ma risulta sfitto. Il padrone di casa non ha saputo darmi alcuna indicazione; ha solo detto che da un giorno all'altro Alessio è sparito senza pagargli l'ultimo mese. Era in nero, quindi non c'era modo di recuperarlo. Mi sono fatto forza e ho chiamato a casa dei suoi, convinto che si trovasse lì per qualche motivo. Ha risposto sua madre, ha detto che non lo vedeva da un mese. Il tono non mi è sembrato strano. Forse mentiva. Forse no. Ma resta il fatto che non abbiamo la minima idea di cosa sia successo.

Per favore, se qualcuno di voi ha qualche informazione, me lo faccia sapere. Grazie.

Cancellai l'e-mail con un brivido. Apprezzavo quella determinazione, ma avevo paura. Qualunque cosa fosse successa, io ero stato l'ultimo a vederlo – e non sapevo cosa dire. Pensavo soltanto che non era giusto. Perché non aveva parlato con Luca? Perché proprio io? E cosa avrei dovuto fare, andare alla polizia a denunciare la scomparsa?

Mi tormentai per qualche altro giorno, poi decisi di non fare assolutamente nulla.

Passarono i mesi, e i mesi si trasformarono in anni. Alessio non si fece mai più rivedere, né tentò di prendere contatto con me o chiunque altro. A nessuno venne in mente di contattare Martina; eravamo certi che non ne fosse al corrente, e non avevamo idea di come avrebbe reagito. Inoltre, anche lei era ormai scomparsa dal nostro orizzonte.

Ogni tanto arrivava un'e-mail in cui qualcuno affermava di avere avuto notizie di Alessio da terzi, ma erano sempre parziali e confuse: per qualche tempo era in effetti rimasto a vivere dai suoi genitori; poi forse aveva preso in gestione un rifugio sulle Alpi, per un'estate, come aveva sognato; poi doveva avere viaggiato a lungo nell'America Latina – forse si era unito a una missione umanitaria? O forse era finito in una comunità anarchica di quelle che, una volta, sull'onda dell'entusiasmo, Martina gli aveva descritto come i soli luoghi in cui ancora possiamo resistere all'onda crudele dell'Occidente. O ancora aveva trovato lavoro come cameriere in Scozia, aveva cambiato nome, aveva ottenuto una green card per gli Stati Uniti e insegnava italiano nel Midwest, era entrato in un gruppo criminale, si era disintossicato dall'alcool, suonava jazz in un paesino dell'Andalusia dove aveva infine ritrovato la pace. O erano soltanto fesserie.

Era impossibile tracciare una storia coerente. Tutto era plausibile, e tutto allo stesso tempo sembrava sfuggire ad ogni logica. L'unica certezza che avevamo – o volevamo imporci – era che Alessio era vivo. Soltanto, si era reso introvabile.

28

E io?

E io, nel frattempo, ho vissuto. Ho vissuto molto e bene. La nostra piccola famiglia urbana continuò a reggere per qualche tempo, perdendo pezzi com'era inevitabile con il passare degli anni, fino a sfaldarsi del tutto. Vorrei poter dire che la scomparsa di Alessio ci ossessionò o ci rese più compatti, ma la verità è che lo dimenticammo piuttosto in fretta.

Per i sei mesi successivi a quella notte al Ritornello continuai a frequentare Erica, fino a quando si trasferì a Londra per lavorare in una banca finanziaria. Sapevamo che il nostro rapporto non avrebbe mai funzionato, ma ci piacevamo troppo – o forse eravamo entrambi piuttosto soli in quel momento. Andavo a trovarla un weekend su due, poi uno su tre. Dopo l'ultimo litigio decidemmo che era meglio lasciarsi.

Un anno e mezzo dopo sposai una mia ex compagna di università, Elisabetta. Insieme aprimmo un mutuo per una casa sul Naviglio Pavese, in via della Chiesa Rossa: un condominio abbastanza popolare per essere alla nostra portata. La mia agenzia era cresciuta oltre ogni aspettativa, e continuava ad andare piuttosto bene nonostante l'arrivo della crisi. Riuscii finalmente a pubblicare una versione rivista della mia tesi di laurea, un lavoro su Dorothea Lange, e con gli anni avrei affiancato sempre più spesso l'attività di autore a quella di fotografo. Scrivere mi immergeva in uno stato di calma che la caccia all'immagine non possedeva. Potevo rivedere all'infinito ogni parola, senza che il mondo mi sfuggisse fra le dita.

Vinsi due premi importanti, cominciai a collaborare con l'edizione inglese di «Wired», e quando scoppiarono le rivoluzioni nei paesi arabi, nel 2011, mi lanciai in un lungo viaggio in Tunisia. Avevo ripreso il gusto della fotografia di reportage, e cominciavo a fare progetti di respiro più ampio. Nel 2013 pubblicai un cortometraggio indipendente sulle condizioni dei lavoratori stranieri nelle più grandi vigne del nord.

Nacquero i miei figli: Andrea e Federica. Elisabetta perse il lavoro. A uno dei miei soci fu diagnosticato un cancro al fegato, da cui poi guarì: decise di lasciare la sua quota a una nostra conoscente che non mi era mai piaciuta – ma ero in minoranza e dovetti accettare. Scattai la fotografia più bella della mia vita, o quasi, durante una breve vacanza in Portogallo. Mi ruppi due volte lo stesso gomito.

Poi mio padre morì, lasciando il nostro vecchio appartamento libero a Torino. Mio fratello all'epoca viveva in Svezia e non aveva alcuna intenzione di fare ritorno in patria: mi lasciò dunque carta bianca. Dopo averne discusso con mia moglie abbandonai l'agenzia. Tornammo a vivere a Torino e ripresi a lavorare come freelance, accettando nel frattempo una cattedra di Storia della fotografia presso una neonata scuola di design. Io ed Elisabetta affittammo la casa milanese; lei trovò un impiego part-time in un negozio di articoli domestici e io mi misi a lavorare a un nuovo corto e a un nuovo libro... Come vi ho detto, ho vissuto. E non ho alcuna intenzione di smettere.

Per questo, quando ripenso ad Alessio, il primo sentimento non è il dolore e nemmeno il rimorso. È una specie di rabbia sorda: trovo inammissibile che un individuo come lui abbia fatto quella fine – di qualunque fine si tratti. So che è banale, ma avrei voluto dirgli che con il tempo tutto avrebbe assunto una luce meno cruda. Tutto, davvero tutto sarebbe passato: perché la vita non tollera un desiderio simile, non può nemmeno concepirlo. Questo avrei voluto dirgli. Non per redimerlo, ma per semplice desiderio di chiarezza.

Eppure subito dopo si fa strada qualcosa di diverso. Una forma di comprensione, vorrei quasi dire di pietà. Ciò che provava Alessio era del tutto fuori tempo. Era troppo puro, troppo intransigente per l'epoca che vivevamo. Non so se questi aggettivi siano qualità o difetti, ma testimoniano qualcosa che nessuno di noi credeva possibile: amare fino a distruggersi del tutto, fino a camminare nell'infamia. Ogni cosa si consumò durante quella notte al Ritornello. In un certo senso fu la fine della mia giovinezza. Noi, fermi sulla riva, crescemmo di colpo e ci salvammo. Lui mi consegnò la sua storia e scomparve.

Ho provato dunque a restituirla, cercando di restare fedele ai suoi ricordi, al suo cianciare, alla sua disperazione. Ho ricostruito quella voce come potevo, e dove non potevo mi sono preso delle libertà: ho provato a ritrovare gli scorci di cui mi parlava, ho ripercorso negli anni le sue camminate solitarie. Sono entrato in lui, provando a indossare la sua lingua ubriaca. Ho tentato di capirlo, senza riuscirci.

Resta solo da spiegare il motivo per cui l'ho fatto.

Ogni tanto mi capita ancora di guardare le vecchie fotografie, le immagini di lui e Martina che custodisco in una cartella remota del mio disco rigido. Non è nostalgia per un tempo che fu, o l'ultimo scampolo di una preoccupazione: c'è dell'altro.

Sì, a volte Alessio Bertoli mi torna in mente e allora prendo l'automobile e percorro l'A55 da sud a nord, da Drosso a Ponte Stura e oltre – via dal mio appartamento ristrutturato, dal mio lavoro, dalla mia famiglia. Via dalle relazioni che io ed Elisabetta abbiamo iniziato a concederci di comune accordo qualche anno fa, con divertita rassegnazione, quando ormai i nostri corpi nudi non significavano più molto per l'uno o per l'altra. Via da quel legame che ci tiene uniti, dalla capacità di prenderci in giro che abbiamo mantenuto viva.

Anche i paradisi sfioriscono, ma se si ha costanza non si tramutano mai nel loro opposto. Mi ripeto il mantra mentre guido, le mani tese sul volante. Non ho debiti. Faccio volontariato. Compro caffè equo e solidale. Ho imparato a costruire da solo i miei mobili. I nostri figli sono cresciuti senza drammi.

Non posso dire di avere sprecato il mio tempo sulla terra: sono un uomo fortunato, sono un uomo buono. Ma posso dire che la mia vita sia stata migliore di quella di Alessio?

Questa domanda è assurda, lo so: eppure me la pongo, e ancor di più ora che sono giunto al termine del mio racconto.

Allora vago senza meta e guardo il profilo della città al mio fianco e le fabbriche e i capannoni nel cielo dell'inverno torinese; e mi convinco che *lui* è stato colpito da una maledizione, non io.

Ciò mi riempie di una gioia oscura. Mi dà una ragione di vita, così schiaccio l'acceleratore e vivo: ma mentre un enorme sole rosso resta appeso fra le nuvole a ovest, io penso a te, Alessio, ovunque tu sia, nella tua vecchia camera sulle montagne al confine con la Svizzera o vagabondo da qualche parte per l'Europa o il Sudamerica o dove tu possa trovare un lembo di terra disposto ad accoglierti: a volte ti immagino ancora schiavo, a volte invece finalmente libero, ma non importa: penso a te, alla storia che mi hai lasciato e al modo in cui ora l'ho raccontata a voi – perché l'unica cosa che puoi fare con una storia, è raccontarla.

Indice

Un solo paradiso

Questo volume è stato stampato
su carta Grifo vergata
delle Cartiere di Fabriano
nel mese di settembre 2016

Stampa: Officine Grafiche soc. coop., Palermo

Legatura: LE.I.MA. s.r.l., Palermo

La memoria

Ultimi volumi pubblicati

701 Angelo Morino. Rosso taranta
702 Michele Perriera. La casa
703 Ugo Cornia. Le pratiche del disgusto
704 Luigi Filippo d'Amico. L'uomo delle contraddizioni. Pirandello visto da vicino
705 Giuseppe Scaraffia. Dizionario del dandy
706 Enrico Micheli. Italo
707 Andrea Camilleri. Le pecore e il pastore
708 Maria Attanasio. Il falsario di Caltagirone
709 Roberto Bolaño. Anversa
710 John Mortimer. Nuovi casi per l'avvocato Rumpole
711 Alicia Giménez-Bartlett. Nido vuoto
712 Toni Maraini. La lettera da Benares
713 Maj Sjöwall, Per Wahlöö. Il poliziotto che ride
714 Budd Schulberg. I disincantati
715 Alda Bruno. Germani in bellavista
716 Marco Malvaldi. La briscola in cinque
717 Andrea Camilleri. La pista di sabbia
718 Stefano Vilardo. Tutti dicono Germania Germania
719 Marcello Venturi. L'ultimo veliero
720 Augusto De Angelis. L'impronta del gatto
721 Giorgio Scerbanenco. Annalisa e il passaggio a livello
722 Anthony Trollope. La Casetta ad Allington
723 Marco Santagata. Il salto degli Orlandi
724 Ruggero Cappuccio. La notte dei due silenzi
725 Sergej Dovlatov. Il libro invisibile
726 Giorgio Bassani. I Promessi Sposi. Un esperimento
727 Andrea Camilleri. Maruzza Musumeci
728 Furio Bordon. Il canto dell'orco
729 Francesco Laudadio. Scrivano Ingannamorte
730 Louise de Vilmorin. Coco Chanel
731 Alberto Vigevani. All'ombra di mio padre
732 Alexandre Dumas. Il cavaliere di Sainte-Hermine
733 Adriano Sofri. Chi è il mio prossimo
734 Gianrico Carofiglio. L'arte del dubbio
735 Jacques Boulenger. Il romanzo di Merlino

736 Annie Vivanti. I divoratori
737 Mario Soldati. L'amico gesuita
738 Umberto Domina. La moglie che ha sbagliato cugino
739 Maj Sjöwall, Per Wahlöö. L'autopompa fantasma
740 Alexandre Dumas. Il tulipano nero
741 Giorgio Scerbanenco. Sei giorni di preavviso
742 Domenico Seminerio. Il manoscritto di Shakespeare
743 André Gorz. Lettera a D. Storia di un amore
744 Andrea Camilleri. Il campo del vasaio
745 Adriano Sofri. Contro Giuliano. Noi uomini, le donne e l'aborto
746 Luisa Adorno. Tutti qui con me
747 Carlo Flamigni. Un tranquillo paese di Romagna
748 Teresa Solana. Delitto imperfetto
749 Penelope Fitzgerald. Strategie di fuga
750 Andrea Camilleri. Il casellante
751 Mario Soldati. ah! il Mundial!
752 Giuseppe Bonarivi. La divina foresta
753 Maria Savi-Lopez. Leggende del mare
754 Francisco García Pavón. Il regno di Witiza
755 Augusto De Angelis. Giobbe Tuama & C.
756 Eduardo Rebulla. La misura delle cose
757 Maj Sjöwall, Per Wahlöö. Omicidio al Savoy
758 Gaetano Savatteri. Uno per tutti
759 Eugenio Baroncelli. Libro di candele
760 Bill James. Protezione
761 Marco Malvaldi. Il gioco delle tre carte
762 Giorgio Scerbanenco. La bambola cieca
763 Danilo Dolci. Racconti siciliani
764 Andrea Camilleri. L'età del dubbio
765 Carmelo Samonà. Fratelli
766 Jacques Boulenger. Lancillotto del Lago
767 Hans Fallada. E adesso, pover'uomo?
768 Alda Bruno. Tacchino farcito
769 Gian Carlo Fusco. La Legione straniera
770 Piero Calamandrei. Per la scuola
771 Michèle Lesbre. Il canapé rosso
772 Adriano Sofri. La notte che Pinelli
773 Sergej Dovlatov. Il giornale invisibile
774 Tullio Kezich. Noi che abbiamo fatto La dolce vita
775 Mario Soldati. Corrispondenti di guerra
776 Maj Sjöwall, Per Wahlöö. L'uomo che andò in fumo
777 Andrea Camilleri. Il sonaglio
778 Michele Perriera. I nostri tempi
779 Alberto Vigevani. Il battello per Kew
780 Alicia Giménez-Bartlett. Il silenzio dei chiostri
781 Angelo Morino. Quando internet non c'era
782 Augusto De Angelis. Il banchiere assassinato
783 Michel Maffesoli. Icone d'oggi
784 Mehmet Murat Somer. Scandaloso omicidio a Istanbul
785 Francesco Recami. Il ragazzo che leggeva Maigret

786 Bill James. Confessione
787 Roberto Bolaño. I detective selvaggi
788 Giorgio Scerbanenco. Nessuno è colpevole
789 Andrea Camilleri. La danza del gabbiano
790 Giuseppe Bonaviri. Notti sull'altura
791 Giuseppe Tornatore. Baarìa
792 Alicia Giménez-Bartlett. Una stanza tutta per gli altri
793 Furio Bordon. A gentile richiesta
794 Davide Camarrone. Questo è un uomo
795 Andrea Camilleri. La rizzagliata
796 Jacques Bonnet. I fantasmi delle biblioteche
797 Marek Edelman. C'era l'amore nel ghetto
798 Danilo Dolci. Banditi a Partinico
799 Vicki Baum. Grand Hotel
800
801 Anthony Trollope. Le ultime cronache del Barset
802 Arnoldo Foà. Autobiografia di un artista burbero
803 Herta Müller. Lo sguardo estraneo
804 Gianrico Carofiglio. Le perfezioni provvisorie
805 Gian Mauro Costa. Il libro di legno
806 Carlo Flamigni. Circostanze casuali
807 Maj Sjöwall, Per Wahlöö. L'uomo sul tetto
808 Herta Müller. Cristina e il suo doppio
809 Martin Suter. L'ultimo dei Weynfeldt
810 Andrea Camilleri. Il nipote del Negus
811 Teresa Solana. Scorciatoia per il paradiso
812 Francesco M. Cataluccio. Vado a vedere se di là è meglio
813 Allen S. Weiss. Baudelaire cerca gloria
814 Thornton Wilder. Idi di marzo
815 Esmahan Aykol. Hotel Bosforo
816 Davide Enia. Italia-Brasile 3 a 2
817 Giorgio Scerbanenco. L'antro dei filosofi
818 Pietro Grossi. Martini
819 Budd Schulberg. Fronte del porto
820 Andrea Camilleri. La caccia al tesoro
821 Marco Malvaldi. Il re dei giochi
822 Francisco García Pavón. Le sorelle scarlatte
823 Colin Dexter. L'ultima corsa per Woodstock
824 Augusto De Angelis. Sei donne e un libro
825 Giuseppe Bonaviri. L'enorme tempo
826 Bill James. Club
827 Alicia Giménez-Bartlett. Vita sentimentale di un camionista
828 Maj Sjöwall, Per Wahlöö. La camera chiusa
829 Andrea Molesini. Non tutti i bastardi sono di Vienna
830 Michèle Lesbre. Nina per caso
831 Herta Müller. In trappola
832 Hans Fallada. Ognuno muore solo
833 Andrea Camilleri. Il sorriso di Angelica
834 Eugenio Baroncelli. Mosche d'inverno
835 Margaret Doody. Aristotele e i delitti d'Egitto

836 Sergej Dovlatov. La filiale
837 Anthony Trollope. La vita oggi
838 Martin Suter. Com'è piccolo il mondo!
839 Marco Malvaldi. Odore di chiuso
840 Giorgio Scerbanenco. Il cane che parla
841 Festa per Elsa
842 Paul Léautaud. Amori
843 Claudio Coletta. Viale del Policlinico
844 Luigi Pirandello. Racconti per una sera a teatro
845 Andrea Camilleri. Gran Circo Taddei e altre storie di Vigàta
846 Paolo Di Stefano. La catastròfa. Marcinelle 8 agosto 1956
847 Carlo Flamigni. Senso comune
848 Antonio Tabucchi. Racconti con figure
849 Esmahan Aykol. Appartamento a Istanbul
850 Francesco M. Cataluccio. Chernobyl
851 Colin Dexter. Al momento della scomparsa la ragazza indossava
852 Simonetta Agnello Hornby. Un filo d'olio
853 Lawrence Block. L'Ottavo Passo
854 Carlos María Domínguez. La casa di carta
855 Luciano Canfora. La meravigliosa storia del falso Artemidoro
856 Ben Pastor. Il Signore delle cento ossa
857 Francesco Recami. La casa di ringhiera
858 Andrea Camilleri. Il gioco degli specchi
859 Giorgio Scerbanenco. Lo scandalo dell'osservatorio astronomico
860 Carla Melazzini. Insegnare al principe di Danimarca
861 Bill James. Rose, rose
862 Roberto Bolaño, A. G. Porta. Consigli di un discepolo di Jim Morrison a un fanatico di Joyce
863 Stefano Benni. La traccia dell'angelo
864 Martin Suter. Allmen e le libellule
865 Giorgio Scerbanenco. Nebbia sul Naviglio e altri racconti gialli e neri
866 Danilo Dolci. Processo all'articolo 4
867 Maj Sjöwall, Per Wahlöö. Terroristi
868 Ricardo Romero. La sindrome di Rasputin
869 Alicia Giménez-Bartlett. Giorni d'amore e inganno
870 Andrea Camilleri. La setta degli angeli
871 Guglielmo Petroni. Il nome delle parole
872 Giorgio Fontana. Per legge superiore
873 Anthony Trollope. Lady Anna
874 Gian Mauro Costa, Carlo Flamigni, Alicia Giménez-Bartlett, Marco Malvaldi, Ben Pastor, Santo Piazzese, Francesco Recami. Un Natale in giallo
875 Marco Malvaldi. La carta più alta
876 Franz Zeise. L'Armada
877 Colin Dexter. Il mondo silenzioso di Nicholas Quinn
878 Salvatore Silvano Nigro. Il Principe fulvo
879 Ben Pastor. Lumen
880 Dante Troisi. Diario di un giudice
881 Ginevra Bompiani. La stazione termale
882 Andrea Camilleri. La Regina di Pomerania e altre storie di Vigàta

883 Tom Stoppard. La sponda dell'utopia
884 Bill James. Il detective è morto
885 Margaret Doody. Aristotele e la favola dei due corvi bianchi
886 Hans Fallada. Nel mio paese straniero
887 Esmahan Aykol. Divorzio alla turca
888 Angelo Morino. Il film della sua vita
889 Eugenio Baroncelli. Falene. 237 vite quasi perfette
890 Francesco Recami. Gli scheletri nell'armadio
891 Teresa Solana. Sette casi di sangue e una storia d'amore
892 Daria Galateria. Scritti galeotti
893 Andrea Camilleri. Una lama di luce
894 Martin Suter. Allmen e il diamante rosa
895 Carlo Flamigni. Giallo uovo
896 Maj Sjöwall, Per Wahlöö. Il milionario
897 Gian Mauro Costa. Festa di piazza
898 Gianni Bonina. I sette giorni di Allah
899 Carlo María Domínguez. La costa cieca
900
901 Colin Dexter. Niente vacanze per l'ispettore Morse
902 Francesco M. Cataluccio. L'ambaradan delle quisquiglie
903 Giuseppe Barbera. Conca d'oro
904 Andrea Camilleri. Una voce di notte
905 Giuseppe Scaraffia. I piaceri dei grandi
906 Sergio Valzania. La Bolla d'oro
907 Héctor Abad Faciolince. Trattato di culinaria per donne tristi
908 Mario Giorgianni. La forma della sorte
909 Marco Malvaldi. Milioni di milioni
910 Bill James. Il mattatore
911 Esmahan Aykol, Andrea Camilleri, Gian Mauro Costa, Marco Malvaldi, Antonio Manzini, Francesco Recami. Capodanno in giallo
912 Alicia Giménez-Bartlett. Gli onori di casa
913 Giuseppe Tornatore. La migliore offerta
914 Vincenzo Consolo. Esercizi di cronaca
915 Stanisław Lem. Solaris
916 Antonio Manzini. Pista nera
917 Xiao Bai. Intrigo a Shanghai
918 Ben Pastor. Il cielo di stagno
919 Andrea Camilleri. La rivoluzione della luna
920 Colin Dexter. L'ispettore Morse e le morti di Jericho
921 Paolo Di Stefano. Giallo d'Avola
922 Francesco M. Cataluccio. La memoria degli Uffizi
923 Alan Bradley. Aringhe rosse senza mostarda
924 Davide Enia. maggio '43
925 Andrea Molesini. La primavera del lupo
926 Eugenio Baroncelli. Pagine bianche. 55 libri che non ho scritto
927 Roberto Mazzucco. I sicari di Trastevere
928 Ignazio Buttitta. La peddi nova
929 Andrea Camilleri. Un covo di vipere
930 Lawrence Block. Un'altra notte a Brooklyn
931 Francesco Recami. Il segreto di Angela

932 Andrea Camilleri, Gian Mauro Costa, Alicia Giménez-Bartlett, Marco Malvaldi, Antonio Manzini, Francesco Recami. Ferragosto in giallo
933 Alicia Giménez-Bartlett. Segreta Penelope
934 Bill James. Tip Top
935 Davide Camarrone. L'ultima indagine del Commissario
936 Storie della Resistenza
937 John Glassco. Memorie di Montparnasse
938 Marco Malvaldi. Argento vivo
939 Andrea Camilleri. La banda Sacco
940 Ben Pastor. Luna bugiarda
941 Santo Piazzese. Blues di mezz'autunno
942 Alan Bradley. Il Natale di Flavia de Luce
943 Margaret Doody. Aristotele nel regno di Alessandro
944 Maurizio de Giovanni, Alicia Giménez-Bartlett, Bill James, Marco Malvaldi, Antonio Manzini, Francesco Recami. Regalo di Natale
945 Anthony Trollope. Orley Farm
946 Adriano Sofri. Machiavelli, Tupac e la Principessa
947 Antonio Manzini. La costola di Adamo
948 Lorenza Mazzetti. Diario londinese
949 Gian Mauro Costa, Alicia Giménez-Bartlett, Marco Malvaldi, Antonio Manzini, Francesco Recami. Carnevale in giallo
950 Marco Steiner. Il corvo di pietra
951 Colin Dexter. Il mistero del terzo miglio
952 Jennifer Worth. Chiamate la levatrice
953 Andrea Camilleri. Inseguendo un'ombra
954 Nicola Fantini, Laura Pariani. Nostra Signora degli scorpioni
955 Davide Camarrone. Lampaduza
956 José Roman. Chez Maxim's. Ricordi di un fattorino
957 Luciano Canfora. 1914
958 Alessandro Robecchi. Questa non è una canzone d'amore
959 Gian Mauro Costa. L'ultima scommessa
960 Giorgio Fontana. Morte di un uomo felice
961 Andrea Molesini. Presagio
962 La partita di pallone. Storie di calcio
963 Andrea Camilleri. La piramide di fango
964 Beda Romano. Il ragazzo di Erfurt
965 Anthony Trollope. Il Primo Ministro
966 Francesco Recami. Il caso Kakoiannis-Sforza
967 Alan Bradley. A spasso tra le tombe
968 Claudio Coletta. Amstel blues
969 Alicia Giménez-Bartlett, Marco Malvaldi, Antonio Manzini, Francesco Recami, Alessandro Robecchi, Gaetano Savatteri. Vacanze in giallo
970 Carlo Flamigni. La compagnia di Ramazzotto
971 Alicia Giménez-Bartlett. Dove nessuno ti troverà
972 Colin Dexter. Il segreto della camera 3
973 Adriano Sofri. Reagì Mauro Rostagno sorridendo
974 Augusto De Angelis. Il canotto insanguinato
975 Esmahan Aykol. Tango a Istanbul
976 Josefina Aldecoa. Storia di una maestra
977 Marco Malvaldi. Il telefono senza fili

978 Franco Lorenzoni. I bambini pensano grande
979 Eugenio Baroncelli. Gli incantevoli scarti. Cento romanzi di cento parole
980 Andrea Camilleri. Morte in mare aperto e altre indagini del giovane Montalbano
981 Ben Pastor. La strada per Itaca
982 Esmahan Aykol, Alan Bradley, Gian Mauro Costa, Maurizio de Giovanni, Nicola Fantini e Laura Pariani, Alicia Giménez-Bartlett, Francesco Recami. La scuola in giallo
983 Antonio Manzini. Non è stagione
984 Antoine de Saint-Exupéry. Il Piccolo Principe
985 Martin Suter. Allmen e le dalie
986 Piero Violante. Swinging Palermo
987 Marco Balzano, Francesco M. Cataluccio, Neige De Benedetti, Paolo Di Stefano, Giorgio Fontana, Helena Janeczek. Milano
988 Colin Dexter. La fanciulla è morta
989 Manuel Vázquez Montalbán. Galíndez
990 Federico Maria Sardelli. L'affare Vivaldi
991 Alessandro Robecchi. Dove sei stanotte
992 Nicola Fantini e Laura Pariani, Marco Malvaldi, Dominique Manotti, Antonio Manzini, Francesco Recami, Gaetano Savatteri. La crisi in giallo
993 Jennifer Worth. Tra le vite di Londra
994 Hai voluto la bicicletta. Il piacere della fatica
995 Alan Bradley. Un segreto per Flavia de Luce
996 Giampaolo Simi. Cosa resta di noi
997 Alessandro Barbero. Il divano di Istanbul
998 Scott Spencer. Un amore senza fine
999 Antonio Tabucchi. La nostalgia del possibile
1000 La memoria di Elvira
1001 Andrea Camilleri. La giostra degli scambi
1002 Enrico Deaglio. Storia vera e terribile tra Sicilia e America
1003 Francesco Recami. L'uomo con la valigia
1004 Fabio Stassi. Fumisteria
1005 Alicia Giménez-Bartlett, Marco Malvaldi, Antonio Manzini, Santo Piazzese, Francesco Recami, Gaetano Savatteri. Turisti in giallo
1006 Bill James. Un taglio radicale
1007 Alexander Langer. Il viaggiatore leggero. Scritti 1961-1995
1008 Antonio Manzini. Era di maggio
1009 Alicia Giménez-Bartlett. Sei casi per Petra Delicado
1010 Ben Pastor. Kaputt Mundi
1011 Nino Vetri. Il Michelangelo
1012 Andrea Camilleri. Le vichinghe volanti e altre storie d'amore a Vigàta
1013 Elvio Fassone. Fine pena: ora
1014 Dominique Manotti. Oro nero
1015 Marco Steiner. Oltremare
1016 Marco Malvaldi. Buchi nella sabbia
1017 Pamela Lyndon Travers. Zia Sass
1018 Giosuè Calaciura, Gianni Di Gregorio, Antonio Manzini, Fabio Stassi, Giordano Tedoldi, Chiara Valerio. Storie dalla città eterna

1019 Giuseppe Tornatore. La corrispondenza
1020 Rudi Assuntino, Wlodek Goldkorn. Il guardiano. Marek Edelman racconta
1021 Antonio Manzini. Cinque indagini romane per Rocco Schiavone
1022 Lodovico Festa. La provvidenza rossa
1023 Giuseppe Scaraffia. Il demone della frivolezza
1024 Colin Dexter. Il gioiello che era nostro
1025 Alessandro Robecchi. Di rabbia e di vento
1026 Yasmina Khadra. L'attentato
1027 Maj Sjöwall, Tomas Ross. La donna che sembrava Greta Garbo
1028 Daria Galateria. L'etichetta alla corte di Versailles. Dizionario dei privilegi nell'età del Re Sole
1029 Marco Balzano. Il figlio del figlio
1030 Marco Malvaldi. La battaglia navale
1031 Fabio Stassi. La lettrice scomparsa
1032 Esmahan Aykol, Gian Mauro Costa, Alicia Giménez-Bartlett, Marco Malvaldi, Antonio Manzini, Francesco Recami, Gaetano Savatteri. Il calcio in giallo
1033 Sergej Dovlatov. Taccuini
1034 Andrea Camilleri. L'altro capo del filo
1035 Francesco Recami. Morte di un ex tappezziere
1036 Alan Bradley. Flavia de Luce e il delitto nel campo dei cetrioli
1037 Manuel Vázquez Montalbán. Io, Franco
1038 Antonio Manzini. 7-7-2007
1039 Luigi Natoli. I Beati Paoli
1040 Gaetano Savatteri. La fabbrica delle stelle